les maîtres-feu

J'AI LU

JOËLLE WINTREBERT — *ŒUVRES*

LES MAÎTRES-FEU — *J'ai Lu* 1408***
LES OLYMPIADES TRUQUÉES

JOËLLE WINTREBERT

les maîtres-feu

Éditions J'ai Lu

A Henry Ier et à la Reine Fifi

1

Le saurien s'était mis en route au premier soleil. Il marchait vite malgré le poids du havresac qui tirait ses épaules en arrière. Il savait que les anciens ne se trompaient jamais et que s'il manquait cette chance de profiter du séisme, ce seraient trois jours de marche supplémentaires.

Lorsqu'il ressentit la première secousse, il venait d'atteindre la zone de mouvance. Le remugle spécifique des collines, le reflux brutal de toute vie animale, le silence abyssal, tous ces symptômes du tremblement de terre imminent, le saurien les accueillait avec ivresse.

Fugitif, l'aiguillon de la peur vint poinçonner ce plaisir. La seconde secousse faisait onduler le sol. Bên-ïï-ïï porta une main à sa corne frontale qu'il sentait devenir turgescente et se hâta de dégager son dos du havresac. Ses doigts coururent sur les fermetures électromagnétiques et la planche télescopique jaillit de son compartiment. Le saurien lui donna aussitôt sa dimension maximale. Il assujettit le lourd sac de cuir à ses épaules et s'installait au centre de la surface portante lorsqu'un nouveau train d'ondes inaudibles déferla.

Les collines se mirent en marche.

Luttant à la fois pour conserver son équilibre et ne pas chavirer sous l'impact des vibrations subsoniques qui bouleversaient son organisme, Bên-ïî-ïî filait sur les crêtes en mouvement.

Fixées dans les canalicules forgés à cette intention, les griffes de ses orteils assuraient son assise. A leur capacité maximale, ses pupilles étrécies captaient les moindres irrégularités du terrain. Tendue au-dessus du sol, sa queue, balancier efficace, corrigeait les à-coups trop nerveux des rotules.

Bientôt, l'attitude du saurien s'assouplit. L'écume sécrétée par l'effort séchait en grandes traînées blanchâtres sur le bronze de ses écailles ternies par la poussière. Bên-ïî-ïî jouissait pleinement de sa course. Il se sentait si sûr de lui qu'il se permit de détourner les yeux pour contempler le plissement d'un magma vitreux à un jet de pierre de lui. Cet instant d'inattention faillit lui être fatal. Sa planche arrivait sans compensation sur un gisement de boue sulfureuse et manqua s'y ficher.

Projeté en avant par le fort ralentissement, ulcéré de se retrouver à quatre pattes, le saurien mit fin tant bien que mal au tournoiement de son support et parvint à rétablir son cap.

Ensuite, ce fut presque trop facile. L'intarissable fleuve de boue qui le portait sans heurts, lui permettant une accélération constante, le déposa, ivre de vibrations et de vitesse, au seuil de la forêt. S'il n'avait pas atteint une telle vitesse, le piège béant qui l'attendait au bout du glissement l'aurait englouti, le rendant aux entrailles de la terre nourricière. Mais la vitesse acquise lui permit de s'envoler tel un oiseau au-dessus de l'énorme crevasse où mugissait la cataracte limoneuse.

Il atterrit sans douceur sur les maigres crinières de plantes rousses et huileuses dont les sucs se conjuguèrent à l'écume sécrétée par son propre corps. La poussière et les projections de boue achevèrent de lui donner une impression de pesanteur étrangère. Il libéra son dos de son fardeau mais n'en éprouva qu'un soulagement passager et demeura longtemps prostré, sûr d'être en sécurité sur cette bande de terre qui ne se prêtait jamais à la mouvance des collines.

Allait-il réussir à puiser en lui l'énergie nécessaire à l'affrontement ce même jour des embûches mortelles de la forêt ? Il décida qu'il le fallait. Son temps était compté.

Lorsqu'il eut atteint son seuil de récupération, Bên-ïî-ïî se redressa et se mit à contempler fixement le mur végétal qui se dressait devant lui. Impénétrable. Ou presque.

Avec un grognement qui ébranla son corps tout entier, le saurien réactiva les fermetures de son havresac, replia la planche et la réinséra dans son compartiment. Une nouvelle manipulation délivra le microtonneur de l'écrin qui le protégeait des chocs.

La configuration de l'arme, équilibrée pour s'intégrer à la paume et devenir un prolongement quasi naturel du bras, lui redonna confiance en lui, et c'est résolument que Bên-ïî-ïî se mit en marche vers la forêt. Lorsqu'il atteignit le rempart sans failles des arbres tressés tronc à tronc, il régla le microtonneur sur une figure quadrangulaire approchant sa taille. Le faisceau d'ondes creusa une brèche fumante dans laquelle le saurien s'engouffra en hâte. Quelques instants plus tard, le sifflement furieux de lianes cinglant l'air lui apprenait le colmatage en cours. Le trou serait vite refermé.

Bên-ïî-ïî luttait contre le désir irraisonné de faire marche arrière. Cette pulsion était légitime – une réaction saine contre cet enfermement dans un milieu hostile –, mais inadaptée – il était autant prisonnier au-delà du mur qu'en deçà. La mouvance des collines n'avait qu'un sens; irrégulière, elle pouvait se déclencher à tout moment, et il était impossible d'en remonter le flux. Le saurien était condamné à traverser la forêt. Il ne pouvait plus reculer.

Une avalanche de spores déclenchée par son intrusion l'avait transformé en statue rougeâtre. Il s'ébroua, plus par énervement que par conscience d'un danger. Ses écailles le mettraient à l'abri de toute agression de cet ordre tant qu'il ne souffrirait pas d'une blessure ouverte.

Saisi tout à coup par la faible pénétration des rayons solaires à travers les interstices de la voûte feuillue, le saurien frissonna. Le soleil... C'était sans doute ce qui lui manquerait le plus.

2

Elle s'était retournée durant des heures sur sa couche spartiate. Cette incapacité à trouver le sommeil se reproduisait chaque fois que le cynarque les prévenait de l'imminence d'un séisme à l'entrée de la nuit. Jordane soupçonnait le Frère d'exercer là un pur sadisme car s'il est facile d'affronter éveillé un danger dont on a répertorié toutes les gammes, il est par contre terrible d'imaginer qu'il vous surprendra endormi.

Et bien sûr, comme chaque fois, lorsqu'elle réussit enfin à s'endormir, ce fut pour s'engloutir dans une succession de cauchemars où elle était sans cesse la proie d'espaces courbes et de plus en plus exigus.

Elle glissait sournoisement vers le goulot d'un entonnoir au fond duquel une lumière embrasée dansait la folie, lorsqu'elle parvint dans un hurlement à s'échapper de son sommeil. Mais le contact familier de sa couche ne parvint pas à bloquer son cri car la lumière était sortie de son cauchemar pour la poursuivre dans l'espace réel de l'alcôve nocturne.

Comme dissociée du corps, sa main gauche vint dans un geste automatique protéger ses yeux tandis que la droite, tâtonnant au hasard, rencontrait la structure rêche mais rassurante de la couverture.

Alors seulement, Jordane parvint à dompter sa panique. Elle inspira jusqu'à la dilatation maximale de son diaphragme et retint longuement l'air avant de l'évacuer en sifflant. Les battements de son cœur s'espaçaient. Elle commençait à distinguer entre ses doigts disjoints l'origine de l'aveuglante clarté : une torche électrique que braquait une silhouette épaisse dans la pénombre.

Jordane frissonna. La conscience de sa nudité se substituait à sa terreur initiale. Une saccade remonta la couverture sous son menton.

De l'autre côté de la lumière, les notes aigres d'un rire artificiel s'égrenèrent, volontairement prolongées jusqu'à l'extinction du souffle. Jordane tressaillit. Ce ricanement, elle l'aurait distingué entre mille. Maintenant qu'elle avait identifié la voix, elle s'étonnait de n'avoir pas reconnu plus tôt la silhouette du cynarque. Mais, par la Bulle, que diable venait-il faire dans sa chambre en pleine nuit ?

La torche condescendit enfin à éblouir des surfaces plus neutres. Au-dessus du lit, le mur blanc se mit à réverbérer sans pitié le flux brutal qui soulignait les cernes et les traits accusés du visiteur. Sous les arêtes aiguës des arcades sourcilières, les yeux du Frère semblaient deux brûlots prêts à bondir pour propager l'incendie de la foi.

Jordane ne put soutenir très longtemps ce regard qui la jaugeait. Elle se sentit rougir, détourna les yeux et se haït pour cela. Sa défaite fut instantanément mise à profit par le Frère.

— Joris Ibère est mort, annonça-t-il.

Froids et détachés, le nom, le verbe et l'adjectif avaient frappé comme trois coups de hache. Jordane Ibère n'avait plus de père.

— Comment est-ce arrivé? demanda-t-elle d'une voix mal assurée.

— Un accident d'orthoptère.

— Mais les orthoptères sont absolument fiables! Mon père les appelait des charrettes!

— Panne de réacteur. Les deux moteurs auxiliaires n'ont pas relayé.

— C'est impossible!... Ou c'est un attentat!

— Cette hypothèse n'est pas exclue. Une enquête a été ordonnée.

— Quand a lieu...

— A l'heure qu'il est, les cendres de Joris Ibère ont été dispersées dans l'espace, ainsi qu'il le souhaitait. Ange Costel ne tenait pas à vous voir assister à cette cérémonie.

— C'est insensé! Joris était mon père, tout de même! Je quitterai La Lisière à l'aube pour aller dire à Ange ma façon de penser. De quoi se mêle-t-il?

— Il est votre tuteur, désormais. Et quant à quitter La Lisière, il faudra obtenir son autorisation. Il désire que vous terminiez ici vos études.

Sur ces paroles prononcées d'un ton définitif, le Frère quitta la pièce. Ses culottes bouffantes faisaient un bruit exagéré dans le silence. D'avoir été traversée par les éclats de la torche, la nuit restait électrisée. Le calme revint par vagues. Une main sur son cou, la jeune fille contrôlait la décélération des battements de son cœur. Lorsqu'elle eut retrouvé sa maîtrise corporelle, elle s'assit dans le noir, trouvant une satisfaction amère au contact froid et rugueux du mur contre son dos nu.

Longtemps après, tentant d'organiser les pensées qui s'embrouillaient dans sa tête, Jordane réussit à s'avouer que la mort de son père lui inspirait plus de colère que de chagrin. Joris Ibère était resté cet étranger qui l'avait arrachée au cocon maternel trois ans plus tôt sous le prétexte fallacieux que sa mère était morte. Sa mère? Mais Jordane n'avait jamais eu de mère. Elle avait *des* mères, et la disparition de sa génitrice l'avait beaucoup moins affectée que ce rapt d'un père dont elle ignorait jusqu'à l'existence.

Les filles de la commune Ursula n'avaient pas réussi à s'opposer au départ de la petite fille. Légalement, elles étaient sur la corde raide. Sous le pontificat de Jean XXXVI les communautés féminines avaient presque toutes été éliminées. Marieka Dansk, la déléguée aux Relations extérieures de la commune Ursula, n'avait évité la dissolution qu'à force de prodiges de diplomatie. Jordane n'était pas un enjeu suffisant pour remettre en question ce fragile équilibre.

Fort de son droit, Joris Ibère n'avait pas même eu besoin de recourir à la force. Cet enlèvement trop facile avait ulcéré Jordane dont l'âme romantique appelait un déluge de feu, de fer et de sang. L'irrémédiable défection de sa toute-puissance avait fait basculer la commune au rang des environnements que l'on abandonne en se persuadant qu'on n'a aucun regret. La toute-puissance était désormais dans le camp masculin.

Cela ne déplaisait pas trop à la petite fille. Les mois précédant son rapt, elle avait mené une guerre d'usure contre les Ursulionnes. Dans la commune, les luttes ouvertes n'étaient pas admises. Les affrontements restaient feutrés. Un coup de griffe, une patte de velours. Jordane avait souvent souhaité s'envoler vers d'autres cieux. Si bien que le premier moment de révolte passé, c'est avec des yeux neufs qu'elle regarda l'Homme.

Il ressemblait assez précisément à l'image qu'elle se faisait d'un pirate. Un élan la poussa vers le visage broussailleux. Il ne devait pas avoir de suites. Les embrassades étaient des manières de cocottes, apprit-elle du Père.

Elle avait trop longtemps été élevée dans les petits câlins pour décider de s'en passer mais, par la suite, il lui devint très difficile d'échanger des baisers sans s'empêcher de caqueter comme une poule entre deux fous rires, au grand dam de ses partenaires éberlués.

A sa fille, stupéfiée par ces paroles farouches, le Père apprit ensuite que le cocon anémiant dans lequel elle avait végété jusque-là, c'était fini et bien fini. Il s'agissait de faire d'elle sinon un homme – car il semblait qu'il y eût là une impossibilité manifeste –, du moins une citoyenne accomplie du XXIIe siècle.

Voilà comment Jordane avait quitté l'univers artificiel et surprotégé du satellite Terango pour Dante, la planète sauvage et brûlante des Oï-Tîkî dont son père était le linguiste attitré.

Voilà comment elle s'était retrouvée dans le cul-de-basse-fosse de La Lisière, aux mains des Frères du Chien qui s'étaient donné pour mission de transformer les enfants en *Citoyens du* XXIIe *siècle.*

Pourtant, une idylle avait failli naître lorsque le père s'était aperçu que sa fille n'ignorait rien des arts martiaux et que son cerveau souple et avide absorbait sans défaillir les concepts les plus abstraits de la langue oï-tîkienne...

Seulement la petite fille exigeait quelque chose en échange des preuves de sa bonne volonté. Et ce quelque chose, ces signes de tendresse, Joris Ibère avait été tellement troublé à l'idée de les prodiguer qu'il avait préféré déléguer l'éducation de sa fille.

Jordane l'avait maudit nuit et jour pendant des mois, se livrant sans trêve à toutes sortes d'exactions susceptibles de provoquer son renvoi. Elle n'avait réussi qu'à déclencher un intérêt immodéré des Frères pour sa modeste personne, intérêt qui se traduisait irrémédiablement par une escalade dans le raffinement des sanctions.

Lorsqu'elle avait enfin été persuadée qu'elle n'avait pas une vocation de martyre, Jordane était rentrée dans le rang sans pour autant se mettre au pas. Ses malédictions s'étaient muées en une haine solide au point qu'elle était restée terrée à La Lisière pendant les vacances suivantes plutôt que d'accepter de rejoindre son père.

Cette attitude avait sans doute fait réfléchir et fléchir Joris Ibère, car le régime de la petite fille s'était sensiblement adouci. Une paix armée avait été signée de part et d'autre, et le statu quo qui avait suivi ne s'était pas démenti jusqu'à ce jour.

Jordane serra les poings. Elle avait tellement rêvé de l'improbable fin de son géniteur, imaginant les délices de son retour sur Terango et de sa réintégration dans le cocon des Ursulionnes, qu'une onde suraiguë de culpabilité l'avait traversée lorsque le cynarque lui avait annoncé la réalisation de son terrible désir. Cette culpabilité n'avait pas résisté à l'énoncé du nom d'Ange Costel. Jamais Jordane ne pardonnerait à son père de lui avoir imposé ce tuteur.

Ne pouvait-il la rendre à ses origines? Ne l'avait-elle pas suffisamment supplié? Fallait-il qu'il sorte du néant pour la contraindre encore et encore? Quel être était-il donc pour la poursuivre au-delà de la mort?

Jordane étendit ses jambes engourdies que gagna aussitôt un fourmillement intolérable. Stoïque, l'adolescente s'imposa de ne pas bouger, attentive à ce flux du sang de retour dans ses veines. Elle tentait, sans réellement y parvenir, de se remémorer le visage d'Ange. La face lunaire tremblait aux frontières de sa mémoire comme une assiette de gelée incolore. Les yeux seuls étaient nets. De gros globules verts à l'éclat vaguement inquiétant sous des cils si clairs qu'ils n'étaient visibles qu'à contre-jour. L'amitié de son père pour cet être pâle et mou avait toujours semblé incompréhensible à Jordane. Laquelle ne parvenait tout simplement pas à imaginer qu'Ange Costel pût désormais représenter l'autorité pour elle. Concernant Ange, cette idée avait une résonance contre nature. Il se laisserait convaincre de laisser sa pupille quitter La Lisière, Jordane n'en doutait pas. En eût-elle douté qu'elle se fût effondrée.

Confiante dans sa proche libération, l'adolescente se rallongea et s'endormit aussitôt.

3

Dans un geste automatique, Ange Costel porta le verre à ses lèvres. Sa main tremblait et une partie du liquide vint agrandir la tache qui souillait le col de sa chemise. La bouteille de bourbon, naguère pleine, accomplit un nouveau va-et-vient au-dessus du verre vide mais ne parvint pas à le remplir tout à fait. D'un air étonné, Ange se mit à secouer le récipient comme s'il trouvait improbable qu'il fût déjà terminé puis, haussant les épaules, il l'envoya rejoindre dans un coin de la pièce, où il explosa, l'amoncellement des bouteilles précédentes.

S'appuyant lourdement sur la table qui lui faisait face, il essaya de se lever pour aller chercher de quoi continuer à se désaltérer, mais sa tentative avorta. Des larmes envahirent ses yeux verts obscurcis par l'alcool. Ange, une fois de plus, se détestait d'avoir cédé à son vice au point de perdre le contrôle de son corps. Il se mit à pleurer, sur lui et sur son ami mort, sur lui abandonné par Joris Ibère, sur sa solitude dans ce monde cruel qui venait de lui ravir le seul être au monde auquel il eût jamais tenu.

Dans un effort méritoire pour essayer de retrouver une once de lucidité, il saisit le flacon d'Aethyl qui se trouvait en permanence sur la table, l'ouvrit tant bien que mal et avala une gélule. Dans cinq minutes, il aurait un malaise digestif et dans dix, l'antidote aurait annihilé les effets de l'alcool.

La montée de la nausée fut encore plus éprouvante que d'habitude. Enfin, il vomit longuement dans la cuvette qui attendait elle aussi en permanence sous la table.

Lorsqu'il eut repris son souffle, calmé les battements désordonnés de son cœur et essuyé sa bouche, il se sentit beaucoup mieux. Mais ce soulagement physiologique fut vite altéré par le retour de l'angoisse.

Joris Ibère avait été assassiné.

Lorsque le vidame avait convoqué Ange pour l'identification du " malheureux accidenté ", il aurait dû faire preuve d'un peu plus de sang-froid, au lieu de cette précipitation suspecte.

Ange était biologiste. En tant que tel, il était habilité à voir le corps dans son entier. Or, malgré son insistance, on n'avait consenti à lui dévoiler que la tête, et avec quelle rapidité n'avait-elle pas été recouverte !

Il avait feint d'être satisfait pour ne pas donner l'éveil mais le soir même, de retour à la morgue, il avait soudoyé le gardien et obtenu la confirmation de ses doutes. Le corps de Joris était constellé de marques terribles qui ne pouvaient en aucun cas être imputées à un accident d'orthoptère. Ces marques, seule la torture, et dans son processus le plus systématique, était à même de les infliger.

Le lendemain, après la cérémonie des Cendres, Ange, qui ne voulait pas paraître se résigner trop rapidement à la mort de son ami, avait demandé l'ouverture d'une enquête sur les circonstances de l'accident, puis il était rentré chez lui.

Jusque-là, l'enchaînement vertigineux des événements avait anesthésié sa souffrance. Celle-ci le submergea dès son retour. Avec Joris, Ange venait de perdre l'unique confident de ses travaux. C'est en réalisant cela qu'il comprit pourquoi le linguiste avait été torturé.

Mille fois, Joris l'avait mis en garde contre ses virées à Southern City. « Tu te soûles chaque fois. Et quand tu es soûl, tu parles. Et quand tu parles, tu ferais mieux de te taire. Un jour, tu te feras couper le cou pour ce que tu auras dit. On ne peut pas impunément faire miroiter l'immortalité sans la donner... Contente-toi d'aller à Southern pour le strict nécessaire. Et résiste à la tentation de boire. Je n'aimerais pas qu'on te ramène ici en petits morceaux. »

Ange n'avait pas tenu compte de ces critiques. Il était incapable d'une longue continence, comme son pusillanime ami. Il aimait faire la fête. Et une fête sans alcool, pour lui, ce n'était pas une vraie fête. A jeun, expérience faite, il n'avait jamais le courage d'aborder les hétaïres du Jardin des Délices. Il tournait autour d'elles, lamentable et rouge, maudissant cette timidité qui ne cédait qu'au vin de Séné. Alors, chaque fois, il buvait, vite, pour se mettre au diapason des belles créatures, pour jeter un peu de lui, de son ivresse et de son rire dans l'atmosphère excitée des Jardins. Et la brume du vin de Séné le transmuait en cet être autre, euphorique, sûr de lui et tellement intelligent qu'il avait la sensation de pouvoir, nouveau démiurge, créer un monde par la seule force de sa pensée.

Les réveils étaient difficiles. Son pouvoir s'évanouissait avec ses illusions comme la fumée lorsque les cendres sont froides. Mais il restait l'érotisme.

Lorsque le nuage du vin de Séné s'estompait, Ange se raccrochait au souvenir des débauches de son corps enivré. Que ces filles se soient louées sans jamais se donner n'interférait pas dans son plaisir. La mémoire de ses étreintes successives l'éblouissait et le payait de tout. Il était naturellement polygame et l'amour avec un grand A, cet amour unique que venait sanctionner le mariage, ne lui semblait rien d'autre que l'enterrement de la jeunesse. Se marier, c'est vieillir, aimait-il à répéter.

– Les femmes seront ta perte! maugréait Joris, chaque fois que son ami partait pour Southern.

– Tant mieux, répliquait invariablement Ange. Je préfère finir dans leurs bras que tout seul dans mon lit!

Joris haussait les épaules. Lorsqu'il était de méchante humeur, il ajoutait :

– N'oublie pas que ces femelles ont des becs et des ongles propres à te déchirer.

Il savait où frapper pour toucher son ami. Ange avait une peur panique de la souffrance physique. Et depuis qu'il avait vu le cadavre mutilé de Joris, cette peur s'était tellement multipliée qu'il avait pris cent grammes de l'hallucinogène des Oï-Tîkî : la résine du sang-dragon, en avait extrait l'alcaloïde et avait comprimé les doses mortelles dans de minuscules pastilles brun-rouge qui s'apparentaient assez bien à d'inoffensifs bonbons à la réglisse.

Désormais, de jour comme de nuit, la petite boîte qui enfermait sa mort ne le quittait plus. Lui qui avait toujours dormi nu, pour mieux éprouver le contact délicieux des draps de satin sur son corps, portait à présent un haut de pyjama dont la poche de poitrine à fermeture magnétique était l'unique mérite. Ainsi nul ne pourrait le prendre au dépourvu...

Son sub-parleur grésilla et Ange sursauta comme si l'on venait de court-circuiter son cerveau.

– Trois visiteurs viennent de passer la poterne ouest du mur d'enceinte, annonça la *voix* terne de Léon.

– Combien de fois faudra-t-il te répéter de ne pas subvocaliser quand je suis seul ! rugit le biologiste.

Mal réglé, l'ordinateur de surveillance crachotait, donnant à Ange la sensation pour le moins pénible que chacun des influx nerveux anarchiques creusait un petit trou dans sa matière grise.

– Ça y est ! Tu m'as fichu la tête en pointillé... Bon Dieu, Léon, un de ces jours, je jetterai ta carcasse aux sidérovores de la forêt! Et tes circuits logiques, je m'en ferai des guirlandes, ce sera très décoratif.

Léon eût-il été doté d'épaules, peut-être les aurait-il haussées avec irrévérence. Il était improbable que son propriétaire mît sa mille et unième menace à exécution.

– Et cette image, bougre d'imbécile, elle vient ? Je ne suis pas télépathe, moi. C'est à toi de me montrer à qui j'ai affaire.

– Extra-terrestres oï-tîkiens, dit la voix sans accents mais audible, pour une fois.

Au fond de la pièce, un écran de contrôle s'illumina, révélant les silhouettes trapues des trois sauriens auréolés de flammes par le soleil couchant.

Ange se sentit soulagé par cette confirmation. Jusqu'à nouvel ordre, il n'avait rien à craindre des Oï-Tîkî.

– Ça va, Léon. Tu peux ouvrir la porte... Et gommer de tes mémoires ce que je viens de dire. Je suis d'une humeur massacrante, ce soir. Si je tenais le Singe, je l'égorgerais de mes mains !

C'était faux. Ange ne supportait aucune violence et seule une drogue de dépersonnalisation aurait pu le faire changer d'attitude. Même s'il avait eu la preuve que le primat – dit Primate ou plus simplement Singe – portait bien l'entière responsabilité du meurtre de Joris et si l'on avait alors offert à ses coups le bourreau désarmé, il aurait refusé de faire justice en se souillant à son tour d'un sang irrémédiable.

Il y eut un cliquetis de griffes sur le marbre du hall et Ange se leva pour accueillir les Oï-Tîkî.

L'étonnante souplesse de ces êtres massifs n'avait jamais cessé de l'étonner. Sans leurs griffes, rien n'aurait pu trahir leur approche. Ange les pensait capables d'éviter ce bruit lorsque celui-ci devenait par trop intempestif. Il n'entretenait guère d'illusions sur l'aptitude des sauriens à rester totalement silencieux en traversant le hall pavé de marbre de l'homme qu'ils auraient condamné.

Ange avait déjà deviné la raison de cette visite tardive mais elle lui fut confirmée dès qu'il vit le trio. Deux adultes encadrant un jeune que l'on n'avait pas encore amputé de sa corne. Malgré sa contenance très digne, le jeune était trahi par son excroissance : turgescente et rougeâtre, elle était le phare de sa terreur. Et lorsqu'il fut plus près, son odeur aurait arraché des froncements aux nez les moins sensibles. Les glandes sudoripares du malheureux exsudaient une liqueur d'angoisse atrocement malodorante. Ange qui n'avait pas, comme les Oï-Tîkî, le pouvoir de commander à son sens olfactif, se sentit à nouveau très mal et se maudit d'avoir oublié d'obturer ses narines.

Il invita ses visiteurs à s'installer confortablement et s'excusa de devoir s'absenter. Quelques instants plus tard, les précieuses boules de cire aromatique mettaient fin au calvaire de son odorat et il se mit à préparer avec plus de sérénité le gramme d'équivalent morphine qui calmerait le jeune.

Celui-ci devint presque luminescent lorsque le biologiste revint au salon. Il sembla rétrécir tandis qu'une nouvelle écume recouvrait ses écailles.

Lui parlant doucement dans sa langue, Ange murmura quelques paroles apaisantes avant de lui prendre le bras. Les yeux exorbités, le jeune regarda l'aiguille perforer sa veine palpitante que venait de glacer la brume du désinfectant et, lorsqu'Ange s'éloigna enfin, posant un doigt sur la bulle rouge sombre qui perlait au creux de son coude, il le porta à sa bouche et goûta son propre sang. Il tétait encore son doigt lorsque le stupéfiant l'endormit.

La négociation ne fut pas moins âpre que d'habitude. Ange céda de quelques grammes et les sauriens repartirent avec leur paquet de morphine base en lui abandonnant le jeune, à charge bien sûr pour lui de le tuer.

Ange resta seul avec sa victime. La position cassée dans laquelle l'avait surpris la drogue donnait à l'Oï-Tîkî l'apparence prématurée d'un cadavre. Ange frémit. Il s'était toujours refusé à compter les sauriens qui lui étaient livrés mais de temps en temps sa culpabilité amenait un nombre approximatif au bord de sa conscience... et ce nombre comportait plusieurs chiffres. Dans ces cas-là, et tout en sachant qu'il serait malade au réveil, il se saoulait jusqu'à l'inconscience, comme pour faire payer à son cerveau d'avoir fait affleurer l'information refoulée.

Après, il allait beaucoup mieux. Il arrivait même à se conforter dans l'idée que, pour un Oï-Tîkî, périr entre ses mains était beaucoup plus doux et moins cruel qu'entre les crocs de ses congénères.

Le cannibalisme rituel qui sanctionnait l'échec de l'initiation semblait à Ange le comble de la barbarie. Et après tout, mieux valait que les jeunes finissent comme sujets d'expériences propres à servir la science que comme pot-au-feu mijotés pour assouvir la gourmandise de parents indignes.

4

A genoux depuis plus d'une heure sur le dallage rugueux du chœur, Jordane serrait les dents. Ce service funèbre ne finirait-il donc jamais ? Son père n'aurait jamais exigé cette messe. Elle l'avait assez souvent entendu insulter le clergé pour ne pas en douter une minute !

Le visage blême, Jordane sentait une mauvaise sueur se coaguler sur son front. On lui avait interdit de déjeuner et ses crampes d'estomac commençaient à évoluer vers un vrai malaise. L'idée d'un éventuel évanouissement la glaça. Toute défaillance était sanctionnée par plusieurs heures de privation sensorielle et les Frères se servaient de cette camisole psychophysiologique pour réduire leurs élèves. Le cachot sensoriel entraînait plusieurs jours de dépersonnalisation. L'adolescente avait vu certains de ses camarades les plus révoltés en être diminués à jamais. Elle bénissait les Ursulionnes qui lui avaient appris à s'évader de son enveloppe charnelle et à s'abstraire du réel quand elle le voulait, autant qu'elle le voulait. Toute induction glissait alors sur un être qu'elle exhibait si lisse qu'il ne présentait plus ni failles ni prises. Cette faculté apprise ne se démentait que si Jordane tardait à trouver la concentration nécessaire. Alors, l'emprise du cachot sensoriel devenait la plus forte et la lutte que menait Jordane pour sauvegarder son intégrité la privait pour plusieurs jours de ses forces vives.

L'adolescente avait un plan. Et ce plan impliquait qu'elle fût en possession de tous ses moyens. Aussi serrait-elle les dents et tentait-elle de refouler la douleur de ses genoux mâchés par les petites dents voraces du dallage en pierre ponce insuffisamment polie.

Enfin le prêtre s'avança vers elle. Docile, elle prit le morceau de biost qu'il lui tendait et qu'en d'autres temps, moins diplomate, elle aurait refusé, et but une longue gorgée au calice en se persuadant que cet apport de glucose allait lui permettre d'atteindre sans incident le terme proche de l'épreuve.

Au moment où elle acceptait avec reconnaissance de se mettre à plat ventre, les bras en croix, pour la bénédiction finale, le sol se mit à imprimer à son corps un mouvement de danse tandis qu'un grondement si grave qu'il en était presque inaudible transformait sa cage thoracique en instrument à percussion pour rythmes archaïques.

Jordane écrasa sa bouche dans la poussière qui amortit efficacement son rire. Ce n'était jamais que la troisième secousse de la matinée. Si, comme les sismostats l'annonçaient, les secousses s'aggravaient, le Krataki-Di entrerait en éruption avant la fin de la journée. Les deux volcans siamois avaient la réputation d'engendrer des nuées ardentes et chacune de leurs colères voyait les habitants de La Lisière se terrer dans les bâtiments dont le plastibéton était censé résister à tous séismes ou manifestations éruptives.

A la faveur du cataclysme, Jordane pourrait facilement s'éclipser. Une combinaison isotherme lui permettrait au besoin d'atteindre sans dommages le hangar qui abritait les orthoptères. Ces petits appareils étaient très faciles à piloter et elle avait extorqué leurs codes de verrouillage au Frère mécanicien.

Surexcitée, Jordane écrasa un nouveau rire sur le dallage tandis que les inévitables accents du Requiem syncrétique signaient de leur cacophonie la fin du service. Enfin, le brouhaha dans son dos lui indiqua qu'elle était libre de se redresser et de sortir.

Elle attendit quelques instants pour souligner sa soumission et se leva d'un bond. A trop en rajouter, elle risquait de donner l'éveil. La perspicacité du cynarque pouvait être aussi aiguisée qu'une lame de Deneb. Comme le biométalloïde, elle s'auto-affûtait sans cesse.

De fait, le Frère supérieur regardait en direction de l'adolescente et celle-ci lut un doute, une sorte d'étonnement, dans les yeux gris.

Jordane se détourna pour qu'il ne la vît pas pâlir. S'était-elle trahie? Aurait-elle dû montrer plus d'abattement? Lorsqu'elle avait essayé de visiophoner à Ange, celui-ci, sans doute prévenu par les Frères, avait refusé de l'entendre. Il lui avait simplement fait confirmer par Léon la reconduction de son séjour à La Lisière, d'après lui la seule école à pouvoir l'éduquer de façon convenable.

Jordane avait hurlé et trépigné de rage dans la cabine du visiophone, heureusement insonore. Crier soulage, et lorsqu'elle eut bien extériorisé sa colère, elle alla beaucoup mieux. C'est à ce moment-là qu'elle décida de quitter La Lisière. Elle avait arrêté son plan depuis plus d'un an. Il ne lui manquait qu'une occasion de le mettre à exécution. Et cette occasion, Ange venait de la lui fournir. Lorsqu'il aurait en face de lui une personne vivante au lieu d'une image, il ne pourrait plus appuyer sur un bouton pour la faire disparaître. Finies, les dérobades! Il serait bien obligé d'accepter une explication. Et Jordane se persuadait qu'elle obtiendrait gain de cause.

Dans un éclair de réalisme, la jeune fille fut traversée par la possibilité d'un échec. Des larmes lui vinrent aux yeux et ses poings se serrèrent jusqu'à devenir blancs.

Jamais, jamais, jamais! Si elle réussissait à quitter La Lisière, jamais elle n'y reviendrait, dût-elle avoir recours aux pires expédients.

L'air un peu hagard, elle suivit le flot d'élèves qui refluait de la chapelle, et le cynarque qui la dévisageait toujours eut une moue de satisfaction. Involontairement, elle venait d'apaiser ses soupçons.

⁂

Lorsqu'elle arriva en vue de la cascade, la petite troupe, jusque-là sagement alignée, s'égailla en tous sens.

Contrairement à ses habitudes, Jordane se déshabilla posément, ainsi – pensait-elle – qu'il seyait à son deuil. L'après-midi était déjà très avancé et l'accalmie des secousses sismiques se prolongeait. Jordane désespérait de mettre son plan à exécution.

Elle se laissa glisser dans le bassin de compétition et se mit à nager sans conviction. Un coup de sifflet la rappela à l'ordre.

– Vous n'êtes pas là pour patauger, bon sang! Le prochain que je vois batifoler au lieu de s'entraîner, je l'envoie au cynarque.

Ces menaces furent suivies d'effet. Aucun des élèves ne tenait à s'entendre interpeller par le Frère " Une-Deux ". Peu soucieuse de se faire remarquer, malgré l'impasse dans laquelle se trouvaient ses projets, Jordane fit comme tout le monde.

Complètement immergée, elle effectuait son quatrième demi-tour au bout du bassin lorsque la terre se remit à trembler. La propagation dans l'eau des ondes sismiques lui fit perdre brusquement tous ses repères. Le bassin s'était mué en labyrinthe. Ecrasée par une pression formidable, les oreilles abasourdies, les yeux cherchant à quitter ses orbites, la bouche émettant contre sa volonté un grondement synchrone avec celui du séisme, Jordane était perdue.

Sans " Une-Deux ", elle se serait noyée. Elle vomit péniblement l'eau ingurgitée et comprima ses oreilles de ses deux mains dans l'espoir puéril de diminuer la fréquence des infra-sons qui martelaient sa tête.

La secousse s'arrêta aussi brutalement qu'elle avait commencé. " Une-Deux " activa son communicateur de poignet pour échanger quelques phrases avec La Lisière.

– On rentre, en conclut-il. (Cette fois, l'épicentre était sur la ligne de fracture entre les Siamois et le Crâne.) Ça va faire du vilain dans les heures ou les minutes qui viennent. Rhabillez-vous.

Jordane profita de la confusion qui suivit pour s'éclipser avec ses habits. Un peu plus tard, elle se retrouvait seule sur les lieux désertés. Elle décida d'en profiter un peu maintenant que tout était redevenu calme. Elle ne courait aucun risque : La Lisière était à moins de cinq minutes de marche.

Elle commença par enlever la combinaison imperméable qui la protégeait des méfaits de l'eau et des regards des hommes et, se cambrant en arrière, eut un geste païen vers le soleil. Rigil Kent, l'étoile jaune qui avait jadis enfanté Dante, seule planète habitable de ce système à double étoile, lui parut anormalement fixe et nette, comme une monstrueuse image accrochée sur la soie blanche du ciel. Au point le plus rapproché de son ellipse, Alpha Centauri B, sa binaire, lui faisait un contrepoint éblouissant.

Peu décidée à se laisser entamer par des impressions subjectives, Jordane se retourna vers

“ la Pisseuse ”. La cascade portait bien son nom. A mi-chemin d’une haute paroi rocheuse, le trou qui lui permettait de jaillir semblait avoir malicieusement été taillé par la nature pour imiter un sexe de femme, jusqu’aux broussailles rousses qui le cernaient et ne poussaient, suprême raffinement, nulle part ailleurs.

Jordane s’en approcha et livra son corps aux délices des embruns tièdes. Lorsqu’elle rouvrit les yeux, elle constata non sans angoisse qu’un tourbillon cendreux obscurcissait le ciel, à l’est. L’éruption du Crâne avait déjà commencé. Elle enfila en vitesse le justaucorps verdâtre qui servait d’uniforme unisexe aux élèves de La Lisière et, abandonnant près du bassin la combinaison et la serviette éponge dont elle n’aurait plus besoin, elle se hâta vers le hangar qui enfermait sa délivrance.

Elle en passa sans encombre le seuil et composa sur le tableau de la petite antichambre le code d’ouverture maximale. L’immense portail coulissa sans bruit.

C’est alors que Jordane prit conscience du silence. Elle n’avait pu le percevoir tout à l’heure à cause du mugissement de la cascade, mais il avait pris possession de La Lisière, comme une ouate absorbant tous les bruits, et Jordane sentit un frisson glacé hérisser les duvets de son corps. Ce silence était très mauvais signe, elle le savait.

Un instant, elle faillit céder à la peur. Il était encore possible de faire marche arrière, personne ne s’apercevrait de sa visite au hangar. Il lui était toujours loisible d’opter pour la sécurité de sa prison...

Ce fut la pensée du cachot sensoriel qui l’arracha à son indécision. Elle se rua vers l’orthoptère le plus proche, pianota le code de déverrouillage, fit coulisser la porte, s’installa dans le cockpit, se mit en manuel, sortit du hangar, gagna le milieu de la cour et décolla.

Toutes ces opérations ne lui avaient pas pris plus de cinq minutes et pourtant le ciel était maintenant complètement noir. Elle replia les ailes de l'appareil le long du fuselage pour faciliter sa pénétration dans l'air et permettre son accélération linéaire. Elle avait à peine fini de faire ces réglages et tâtonnait à la recherche du canal radio des sismostats lorsque la première turbulence renversa l'appareil, manquant l'assommer contre le tableau de bord pour avoir négligé de boucler le champ de protection.

Ensuite, les événements se précipitèrent. La forêt équatoriale ne subissait jamais directement l'influence des séismes et des éruptions. C'est pourquoi La Lisière avait été construite à son orée, avec une marge de vingt kilomètres toutefois pour éviter une trop facile incursion des gigantosaures.

Jordane avait pensé, en longeant la forêt, échapper aux turbulences dues aux éruptions conjuguées des Siamois et du Crâne. Elle avait compté sans l'ampleur du cataclysme. Devant ses yeux horrifiés apparut ce spectacle dantesque auquel la planète des Oï-Tîkî devait son nom terrien : tous les volcans de la cordillère du Cancer étaient entrés en éruption.

Aussi loin que Jordane pouvait voir dans cette atmosphère obscurcie par les cendres, tout n'était que flammes et foudre. Cette succession de colonnes de feu presque alignées transformait le ciel en forge pour un dieu des enfers en délire. Et cette fusion explosive des éléments annonçait la création d'un monde.

Jordane sourit. Pourquoi pensait-elle création plutôt que destruction ? Elle ne maîtrisait plus son appareil qui menaçait de s'écraser d'un instant à l'autre... Alors, inconscience? Elle n'avait certes pas envie de célébrer ses noces avec le magma de Dante, fût-il primordial. Pourtant, elle n'avait pas peur.

Lorsque toutes ses tentatives pour redresser l'orthoptère et gagner de l'altitude eurent échoué, elle passa en automatique et entreprit de réintégrer la protection du siège anatomique. Le champ enfin bouclé, elle cessa d'être projetée en tous sens et se remit à réfléchir. Puisque la forêt avait la réputation d'échapper aux pires manifestations sismovolcaniques, il fallait donc la survoler jusqu'à la fin de la zone d'influence du Cancer. C'était simple.

Jordane avait compté sans la conjonction de la suie qui maculait les vitres de l'orthoptère avec la panne d'un automatisme peu apte à supporter pareille épreuve. Elle s'aperçut qu'elle survolait bien la forêt lorsque l'orthoptère rencontra la cime d'un spécimen géant de la sylve. Il y eut une succession de craquements et d'éclatements terribles et, par une perforation du pare-brise, Jordane eut le temps d'apercevoir l'œil éberlué d'un singe-tatou avant de perdre conscience.

Elle reprit connaissance avec le sentiment d'avoir été rouée de coups. Quelques mouvements prudents l'assurèrent de l'intégrité relative de son corps. Dans quelques jours, lorsque sa peau aurait joué de toutes les couleurs de l'arc-en-ciel, elle serait à nouveau présentable.

A l'extérieur, le ricanement d'un oiseau-moqueur retentit, tout proche. Une série de sifflements suraigus lui répondirent et Jordane réalisa que, si elle avait miraculeusement survécu à son accident, sa situation n'en était pas moins précaire. Certes, elle n'était pas totalement démunie.

L'orthoptère était pourvu d'un équipement de survie et les quelques incursions réalisées en forêt avec les Frères du Chien lui en avaient appris les principaux dangers... Mais, cette fois-ci, aucune arme efficace ne viendrait s'opposer à la charge d'un gigantosaure. Et quant à percer sans désintégrateur le véritable mur d'enceinte qui cernait la forêt, autant y renoncer tout de suite. Personne, jamais, n'y était arrivé.

Jordane n'était pas idiote. Elle n'avait jamais prétendu que deux et deux font cinq. Sans aide, elle n'avait aucune chance de sortir du piège où son étourderie venait de la jeter. Elle se résigna à lancer un appel radio.

Une quinzaine de minutes plus tard, elle déclarait forfait. Le matériel semblait pourtant avoir résisté aux chocs. On eût dit que la forêt faisait écran, empêchant les ondes de se propager...

Jordane haussa les épaules à cette pensée saugrenue, mais une angoisse sournoise commençait à l'étreindre. Elle avait la sensation d'étouffer et décida de sortir reconnaître les lieux pour se changer les idées. Mais la porte coincée de l'orthoptère résista à tous ses efforts.

Lorsque, à force de coups de pied elle eut ajouté quelques bosses aux parois de l'engin, elle se sentit mieux. Pourtant son corps ruisselait de sueur et son malaise respiratoire s'était aggravé.

Elle passa la tête par la perforation du parebrise dans l'espoir d'aspirer un peu d'air frais, mais ce fut pire. L'atmosphère sylvestre était moite, collante, une véritable étuve que seule la climatisation encore valide de l'appareil parvenait à équilibrer.

Jordane frémit en pensant au moment où le système de régulation tomberait en panne, faute de carburant. Une pensée sinistre en entraînant une autre, elle imagina les mille morts susceptibles d'envahir l'habitacle perforé et se mit à crier, non de peur, mais contre elle-même qui se laissait aller.

Ce fut salutaire. Après avoir décidé de sortir de ce cercueil en puissance, elle se dirigea vers l'armoire de survie, en extirpa le matériel et se mit à le détailler.

La trousse de pharmacie lui arracha des larmes de soulagement. Elle contenait un flacon de pilules thermorégulatrices. Jordane en goba une avant de continuer son investigation.

L'aérosol d'insectifuge était, lui aussi, le bienvenu. Décidant qu'il valait mieux songer à la prévention, la jeune fille pulvérisa un peu du précieux liquide sur les parties découvertes de son corps. Lorsque ces dernières furent sèches, un film souple et uniforme les recouvrait avec l'efficacité d'une carapace, le poids en moins.

Grâce au comprimé cryogène, Jordane commençait à respirer mieux. D'autre part, son inventaire lui redonnait confiance en elle. Elle espérait n'avoir à se servir ni des analgésiques, antipyrétiques et antiseptiques, ni des antivireux, mais c'était rassurant de les savoir là, à portée de la main.

Se limitant au strict nécessaire, Jordane se mit à trier ce qu'elle allait emporter. Elle imaginait assez bien ce qu'allait être sa progression dans cette jungle pour éviter toute surcharge. Elle risquait peu d'avoir besoin d'un radeau pneumatique, par exemple. L'oxygénateur aurait été agréable mais ses bouteilles pesaient lourd et il n'était indispensable que dans la zone d'influence des volcans, lorsque le dégazage chargeait l'atmosphère de particules empoisonnées, ou près des solfatares aux vapeurs méphitiques.

Outre la trousse à pharmacie, la sélection finale comportait les tablettes habituelles de Glip survitaminées, des comprimés pour l'eau – mais elle savait qu'il lui faudrait éviter au maximum d'en boire, même désinfectée, et qu'elle devrait essayer de se contenter du système de recyclage de la combinaison de survie –, une gourde, le pistolet d'alarme et ses fusées, une micro-radio au cas où elle réussirait à émettre d'un autre point de la forêt, un couteau multilames et un rouleau de fil en surnyl.

Jordane se permit un seul luxe : le micro-doucheur à impulsions. Elle avait besoin de rester en paix avec son corps. C'était peut-être ridicule mais, à Terango, on l'avait élevée dans la valorisation du corps propre. Cela lui avait valu assez de moqueries à La Lisière où la volonté spartiate des Frères affectait de mépriser la netteté physique.

" Frustres et frustrants, cela va bien ensemble ! " avait coutume de dire Jordane qui ajoutait pour elle-même : A tête crasseuse, ignorance crasse. Le fait que le cynarque, seul de ces chiens auquel elle accordât quelque intelligence, ne fût pas précédé et suivi par un fumet malodorant, la confortait dans cette idée.

Terminé, son paquetage lui parut encore trop lourd mais elle pouvait difficilement le réduire davantage. Il fallait espérer que son dos s'habituerait à cette charge inhabituelle.

A l'extérieur, s'éleva un nouvel hourvari de clameurs. La déchirure du cockpit béait sur une obscurité qui n'était plus celle de la suie : la nuit était tombée.

Jordane décida qu'elle partirait à l'aube et s'installa pour dormir dans le siège de pilotage, non sans avoir au préalable avalé un hypnotique séquentiel de six heures. La journée avait été généreuse en cauchemars et l'adolescente se souciait peu d'en accueillir de nouveaux dans son sommeil.

5

Lorsque Bên-ïî-ïî entendit la succession de craquements et d'éclatements typiques des arbres brisés ou écrasés, il pensa toucher au but. Seul un kâ-âalkâ-kâa pouvait occasionner de tels dégâts et il devait être tout près puisque Bên-ïî-ïî avait été alerté par les sons et non par les vibrations du sol. C'était étonnant d'ailleurs. Etant donné son poids, le monstre aurait dû engendrer d'importantes trépidations. Or Bên-ïî-ïî n'en percevait aucune. Sans doute le kâ-âalkâ-kâa s'était-il arrêté. Peut-être pour se construire un nid de branchages car la nuit approchait. C'était l'explication la plus probable.

Avec l'arrêt du bruit, il devenait difficile de se guider vers la bête. Bên-ïî-ïî avançait au jugé en grognant de mécontentement lorsqu'il perçut des ondes régulières en provenance du nid.

Ce n'est qu'en parvenant à la source qu'il comprit son erreur. Il était incroyable qu'il n'eût pas reconnu les ondes radio qu'émettaient les humains. L'espoir de combattre et de tuer le monstre avait annihilé son apprentissage... et son sens critique. Il aurait aussi bien pu tomber dans un piège.

Furieux contre lui-même, il se prit à penser que ce petit appareil ridiculement suspendu au-dessus de lui n'était rien d'autre qu'un nid et que ce nid abritait une bête pas trop difficile à tuer.

Mais bientôt, la curiosité l'emporta sur la colère. Il n'avait jamais vu d'humains qu'en hologrammes. Et encore ces derniers n'étaient-ils pas très bons. Les anciens disaient pourtant qu'ils étaient ressemblants. Ils disaient aussi que la race des humains était intelligente – on ne pouvait en douter puisqu'ils avaient conquis les étoiles – mais qu'en l'absence d'eugénisme, nombre d'entre eux présentaient d'inquiétants symptômes, proches de l'arriération mentale. Chez les Oï-Tîkî, ils auraient été croqués sans attendre et la race en aurait été améliorée d'autant.

Les anciens tempéraient cependant cette opinion en expliquant que l'extrême brièveté de leur vie forçait les humains à cette procréation anarchique et que c'est elle aussi qui les rendait si combatifs et si peu enclins à chercher des voies d'épanouissement ailleurs que dans l'accumulation des richesses.

Bên-ïî-ïî entendait aller et venir dans la carlingue coincée entre deux arbres fendus. Sans doute l'humain n'allait-il pas tarder à quitter son dérisoire tas de ferraille ? Dans la forêt, une coque perforée équivalait à pas de coque du tout. Et il était malsain de rester longtemps au même endroit. Trop de bêtes vous repéraient. Sans parler des épiphytes étrangleurs...

La nuit tombait. Là-haut, les pas s'arrêtèrent. L'humain ne sortirait pas ce soir. Il devait préférer l'illusoire abri que lui offrait son nid de métal à l'insécurité du sol nocturne.

Dans l'espoir de le voir abandonner sa retraite au matin, le saurien décida de dormir sur place. Il s'installa entre deux souches de façon à pouvoir surveiller l'appareil mais en gardant une distance raisonnable. Si les arbres qui retenaient la coque venaient à céder, il n'en subirait pas les conséquences. Et, d'autre part, il ne tenait pas à ce que l'humain le mît à mal en croyant avoir affaire à l'une des bêtes de la forêt. Dans un tel contexte, une confusion était probable... et le saurien n'avait aucune envie de mourir avant d'avoir gagné (ou perdu) le droit de vivre.

Il fut réveillé par un long hurlement. L'aube se levait à peine. Il s'étonnait du timbre incroyablement strident de la voix humaine lorsque quelque chose chut de l'appareil. La pénombre était encore trop dense pour qu'il pût distinguer de quoi il s'agissait, aussi se rapprocha-t-il prudemment.

En découvrant le ssâa-ssir' à demi décapité et qui palpitait encore, il se mit à rire. Sa main vint cacher l'impertinence de sa bouche mais retomba aussitôt. L'objet de ses moqueries était toujours enfermé là-haut et le saurien pouvait laisser libre cours à sa gouaille.

Tout de même, tant de bruit pour si peu ! L'humain devait être bien ignorant des choses de la forêt. Le serpent arboricole qu'il venait de tuer en était sans doute l'animal le plus inoffensif.

Un peu plus tard, après de nouvelles allées et venues dans la carlingue et une émission d'ondes, il y eut un grand bruit et un morceau de l'appareil dégringola.

S'infiltrant dans la trouée creusée par l'accident, les premiers rayons du soleil ricochaient sur les arbres-miroirs. Cette lumière inespérée à une heure aussi matinale sauva l'humain : il enjambait sans précaution la brèche qu'il venait d'agrandir et découvrit le vide au dernier moment. Il réussit à saisir un des montants mis à nu du pare-brise et demeura suspendu à l'extérieur de l'appareil qui tremblait dangereusement... et qui commença sournoisement à glisser.

Le mouvement oscillatoire de l'humain n'arrangeait rien. Bên-ïï-ïï riait. Il était au spectacle. L'humain était vraiment en très fâcheuse posture. Sa gorge exhalait de bizarres halètements d'effort ou d'angoisse.

L'aéromobile accentua son processus de bascule. Il n'allait pas tarder à échapper à l'étreinte des deux arbres. Ces derniers ne le maintenaient plus qu'à peine. L'humain était perdu.

Il dut s'en rendre compte car il se mit à se balancer avec violence d'avant en arrière. Bên-ïî-ïî se dit qu'en effet, perdu pour perdu, autant finir en beauté et en faire profiter la galerie. Aussi fut-il absolument éberlué de voir le corps trop vite condamné décoller de la coque, s'envoler littéralement sur deux mètres et parvenir à se raccrocher en contrebas au tronc lisse d'un dâa-îl. Au même moment, l'appareil enfin libéré par cette dernière secousse s'écrasait à terre.

L'humain resta un instant cramponné mais ses membres ne faisaient pas le tour du tronc. Il ne pourrait pas tenir longtemps, Bên-ïî-ïî pouvait voir ses muscles se tétaniser. Il finit par se laisser glisser en essayant tant bien que mal de freiner sa chute.

Tout en bas, cela fit un petit tas, au pied du dâa-îl, et le saurien se dit que, tout compte fait, l'humain avait échoué. Il en éprouvait du regret et c'est avec un certain respect qu'après s'être approché, il s'apprêta à examiner de tout près le corps étranger.

Alors le petit tas se mit à bouger.

– Oh là là ! dit-il.

Et bien que la langue fût incompréhensible à l'Oï-Tîkî, l'intonation en était évidente.

Et le petit tas, se retournant, rencontra la dextre griffue de Bên-ïî-ïî, restée tendue dans l'intention de toucher de l'humain.

– Aaaaah ! hurla ce dernier.

Là encore, l'exclamation était parfaitement compréhensible pour le saurien qui s'empressa de cacher derrière son dos l'objet de tant de frayeur tout en s'excusant platement dans sa langue. (Mais il n'en connaissait pas d'autre. Et dans sa langue, les excuses étaient toujours plates.) A sa grande surprise, il parvint malgré tout à calmer l'humain, lequel se mit à murmurer :

– Ça alors, un Oï-Tîkî !

La prononciation du dernier mot laissait certes à désirer mais elle ne pouvait laisser aucun doute. L'humain ne confondait pas le saurien avec l'une de ces bêtes dépourvues d'intelligence qui grouillaient dans la forêt.

Bên-ïî-ïî s'en sentit inexplicablement reconnaissant. C'était pourtant bien lui qui représentait la race dominante sur cette planète ! Il devait si peu de reconnaissance à l'humain que, s'il avait voulu, il l'aurait transformé en provisions de bouche. Un aussi gros mammifère, ce devait être délectable ! Les anciens n'avaient formulé aucun interdit à ce sujet. Ils avaient simplement conseillé d'éviter les rencontres tout en sachant que ce risque, tant dans la forêt que sur le chemin du retour, serait réduit à sa plus simple expression.

– Tîkî-tîlï-tîl ! dit l'humain avec une drôle de grimace.

Ce n'est qu'en le voyant écarter ses mains et les claquer ensuite sur son ventre dans le geste de bienvenue oï-tîkien que Bên-ïî-ïî réalisa qu'on venait de lui dire bonjour dans sa propre langue. Il en fut suffoqué et un peu ulcéré. Ce sentiment chagrin de sa propre impuissance face à une telle démonstration de savoir s'aggrava lorsqu'il découvrit avec quelle facilité l'humain lui racontait ses aventures, comme s'il s'exprimait dans sa propre langue.

– Et voilà ! finit-il par conclure. A propos, je m'appelle Jordane. Veux-tu me dire ton nom ?

– Bên-ïî-ïî, répondit le saurien, lugubre.

Puis il se mordit cruellement la bouche. Par le sang ! Pourquoi lui avait-il appris son nom ? Est-ce que ce Jor-ân' n'avait pas déjà suffisamment de pouvoir ? Fallait-il lui en donner encore ?

– Je te remercie. Mon père m'avait expliqué que lorsque vous livrez votre nom à un étranger, c'est le signe d'une grande confiance.

Exactement ! pensait le saurien. Et maintenant, je vais te tuer parce que je n'ai aucune confiance en toi et parce que le seul autre cas où nous disons notre nom à un étranger, c'est parce que nous allons le manger.

L'humain fit sa drôle de grimace. Une lueur d'inquiétude assombrissait son regard comme s'il venait de lire dans l'esprit du saurien. Il porta la main à ses épaules et, dégageant deux courroies, libéra un sac dont la forme épousait tellement son dos que Bên-ïî-ïî l'avait pris pour une particularité de l'anatomie humaine.

Libéré de cette bosse, le dos de ce Jor-ân' ressemblait un peu plus à celui d'un Oï-Tîkî. Mais pour le reste ! Cette tête de mammifère pelé bizarrement couronnée d'une crinière ! Ces muqueuses apparentes ! Cette moiteur visible de la peau ! Finalement, l'humain ressemblait bien aux hologrammes que montraient les anciens. Il était un peu plus petit, toutefois... ce qui lui donnait à peu près la même taille que Bên-ïî-ïî.

Lorsque j'aurai terminé ma croissance, se disait ce dernier avec orgueil, je serai bien plus grand que lui !

L'idée que Jor-ân' pût être lui aussi très jeune l'effleurait d'autant moins qu'il ne voyait pas d'autre avenir à l'humain que découpé en tranches bien protéinées dont l'assimilation lui permettrait de grandir davantage encore !

– Cette rencontre est inespérée, continuait l'étranger. Tout seul, je n'avais aucune chance de sortir d'ici. Je sais bien que sans arme-créneau, c'est impossible.

– Tu n'as pas de microtonneur? interrogea le saurien, étonné.

– Pire! Je n'ai pas d'arme du tout.

Bên-ïî-ïî se mit à rire à s'en étouffer.

– Qu'est-ce que tu as? Je t'ai blessé? Tu as mal? J'ai dit quelque chose qui t'a déplu? s'inquiéta Jor-ân'.

Bên-ïî-ïî secoua frénétiquement la tête dans le geste de dénégation des humains et pensa tardivement à cacher sa bouche.

– Ce n'est pas vrai! Mais ma parole, tu ris! Je parie que tu ris. Je n'ai pourtant rien dit de drôle!

Jor-ân' avait fini par comprendre. Enfin, comprendre, si l'on veut... Cet humain était d'une naïveté! Avouer qu'il n'avait pas d'arme! Il ne se doutait évidemment pas dans quel état il quitterait la forêt. Pas d'arme!

Eh bien oui, pas d'arme. L'hilarité de Bên-ïî-ïî cassa net. L'humain avait raison. Ce n'était pas si drôle. Où était le plaisir de tuer sans combat? A mains nues, ce serait un massacre. Ce corps fluet et dépourvu de carapace ne faisait vraiment pas le poids.

Comme s'il renonçait à comprendre, l'étranger s'était détourné. Le saurien le regarda extraire une poche de son sac et en sortir un tube. Une sorte de pommade dont Jor-ân' enduisit ses paumes mises à vif par la friction sur le tronc du dâa-îl.

Fasciné, Bên-ïî-ïî vit l'enduit blanc se mettre à mousser sur la peau. Quelques instants plus tard, l'épiderme avait tout absorbé et une pellicule souple et rose recouvrait les blessures.

Jor-ân' fit bouger ses doigts avec une satisfaction évidente. Les humains avaient une physionomie mobile facile à déchiffrer. Bên-ïï-ïï se demanda comment ils pouvaient arriver à cacher leurs sentiments. Même sa corne n'en livrait pas autant. Et s'il réussissait à mériter son initiation, lorsque les anciens lui auraient retiré ce témoin gênant de ses états d'âme, il se faisait fort de parvenir à maîtriser toute manifestation intempestive de ses émotions.

– On ne peut pas dire que tu sois très bavard, constata l'humain. Je suppose que tu es ici pour ton initiation et que tu as quelque bête terrible à ramener sur un plateau, non ?

Décidément, ce Jor-ân' lisait dans ses pensées ! Et d'abord, comment en savait-il autant ?

– Bon. Puisque tu ne veux pas me répondre, je vais me fabriquer un *arc*. Je me sentirai plus en sécurité lorsque j'aurai une arme de distance entre les mains.

Fur-ass' ! Qu'était-ce donc qu'un *arc'* ?

Bên-ïï-ïï ne put se retenir d'interroger l'humain.

– Ah, tout de même ! s'exclama ce dernier. Ta curiosité l'emporte sur ton silence. Un *arc* est un instrument archaïque dont se servaient mes ancêtres pour chasser et que nous utilisons en compétition aujourd'hui pour prouver notre force et notre adresse. Il paraît que je me débrouille pas mal à ce jeu. C'est une arme de jet. Mais tu vas voir. Ce n'est pas la première fois que j'en fabrique un dans la forêt.

La strate arbustive n'était jamais profondément enracinée. Jor-ân' arracha sans effort une jeune pousse de dâa-îl, la coupa avec un couteau sorti de son vêtement, en entailla les extrémités, inséra un fil à l'un des bouts avant de le ligaturer étroitement puis, après avoir non sans mal courbé la tige, la maintint dans cette position par une tension du fil et une nouvelle ligature à l'autre extrémité.

– Voilà l'arc. Et maintenant, les flèches. C'est le plus facile.

Et se dirigeant vers la souche pourrie d'un lor-oss', Jor-ân' la dégagea du sol d'un grand coup de pied. Le lor-oss' éclata dans un nuage de gaz écœurant et son cœur conique et strié apparut, irradiant sa blancheur malsaine.

D'un air très peu impressionné, l'humain s'arma d'une lourde pierre, appuya le cône sur le sol, pointe en bas, et, insérant au centre exact de sa base la lame de son couteau, abattit sur ce coin improvisé sa masse non moins improvisée.

A la grande surprise du saurien, le cœur du lor-oss' explosa. Finalement, l'humain ne devait pas être aussi chétif qu'il en donnait l'air. Bien des sauriens n'auraient pas su faire exploser le cœur d'un lor-oss', surtout avec des instruments aussi primitifs.

Bên-ïï-ïï en conçut du respect et commença à se demander si Jor-ân' méritait réellement le sort peu enviable qu'il lui réservait. Après tout, ce pourrait être un agréable compagnon de route? Et rien n'empêchait le saurien de le tuer plus tard, si le besoin s'en faisait sentir.

Avec de petites exclamations d'approbation, Jor-ân' choisissait les meilleurs éclats du lor-oss'. Lorsqu'il eut terminé sa sélection, l'humain tenait un faisceau d'une vingtaine de traits acérés de la longueur du bras. Il les tira l'un après l'autre pour en vérifier l'équilibre et en retint une douzaine.

– Voilà! dit-il avec satisfaction. Si nous rencontrons un ril-ss', je lui arracherai quelques barbillons pour en faire des ailerons. Ainsi mes flèches seront encore plus précises. Je suis armé maintenant. Je suppose que tu as compris le principe?

– Bien sûr ! rétorqua le saurien piqué au vif. Je suis sorti du nid, tout de même ! Et j'ai moi-même un projecteur de dards empoisonnés. C'est d'ailleurs la seule arme dont je suis autorisé à me servir dans la forêt. Tu vois que nous sommes à égalité. Allez, en route, maintenant. J'ai assez perdu de temps.

– Quelle tirade ! s'exclama Jor-ân' en haussant les épaules. Je te suis.

En s'enfonçant dans les taillis, Bên-ïî-ïî s'entraînait à hausser les épaules. Cette attitude corporelle lui plaisait, mais il se demandait ce qu'elle pouvait bien signifier. Il faudrait interroger l'humain.

6

Treize ans ! Treize ans s'étaient écoulés depuis qu'il avait quitté la Terre, depuis qu'« ils » l'avaient forcé à s'exiler de sa planète natale.

Treize ans sur Dante. Treize fois quatre cent quatre-vingts jours... Ce qui devait bien faire dix-sept ans de la Terre.

Et durant ces treize ans, neuf fois quatre cent quatre-vingts jours entièrement consacrés à la recherche. Neuf années passées à disséquer des corps oï-tîkiens. A la recherche du secret de leur formidable longévité. Dans l'espoir de réussir à l'appliquer à l'homme...

Et il avait trouvé !

Le nom d'Ange Costel allait bientôt flamboyer en lettres immenses sur tous les frontons de l'Œcumène.

« Ils » ramperaient. Il faudrait qu'ils rampent très très longtemps. Des larves ! Qui l'imploreraient pour obtenir les miettes de sa découverte. Ange savourait par anticipation sa revanche. Il en sentait le goût exquis à la pointe de sa langue. Et ce goût-là ne s'évanouirait pas de sitôt.

Toutes ces années de quête, tissées de patience et de rage, quelquefois même de désespoir. Et six mois plus tôt, la chance! La chance inouïe, insolente, presque vexante après tant d'années misées sur un coup de génie plutôt qu'un coup de veine.

Tout de même, il y avait eu son intuition. Cette intuition qui lui avait dicté de réclamer l'ancien Oï-Tîkî, condamné pour avoir échoué au Jeu et s'en être cependant sorti indemne.

L'ancien lui avait coûté cher mais eût-il payé le poids du saurien en morphine que l'investissement eût encore été rentable.

Ange savait depuis longtemps que les Oï-Tîkî souffraient d'une lithiase biliaire provoquée par l'abus d'une résine hallucinogène. Cette résine était présente dans tous leurs rituels depuis des temps immémoriaux et les Oï-Tîkî n'auraient cessé de l'ingérer pour rien au monde. Elle était pourtant la source de cholécystites extrêmement douloureuses qu'ils calmaient au moyen d'huiles, de sulfate de magnésium et d'analgésiques puissants.

Par le biais de la morphine qu'Ange se procurait assez facilement, cette souffrance était devenue monnaie d'échange.

Le biologiste avait payé trop cher l'ancien pour ne pas décider de le faire durer un peu. Comme il n'était décidé ni à épuiser ses réserves de stupéfiants en faveur du saurien condamné, ni à entendre celui-ci crier de douleur nuit et jour, il avait commencé par l'opérer de la vésicule et le débarrasser de ses calculs.

Trois jours plus tard, pensant l'Oï-Tîkî suffisamment rétabli, il s'apprêtait à lui faire subir une série d'examens lorsqu'il découvrit avec stupéfaction que le saurien se remettait très mal et que toutes ses fonctions vitales semblaient en régression.

Il en avait d'abord accusé le choc opératoire. Sur un individu âgé de quelque deux mille ans, soit environ deux mille six cent trente années de la Terre, cela n'était pas étonnant. La chirurgie était inconnue des Oï-Tîkî. Leur exceptionnelle résistance s'alliait à une capacité de régénération telle que la chirurgie s'avérait sans objet dans quatre-vingt-dix-neuf pour cent des cas. L'Oï-Tîkî qui n'avait pas la chance d'appartenir à cette frange privilégiée mourait. On l'y aidait, au besoin. Cela faisait place pour un jeune. La race s'en trouvait renouvelée.

Mourir quand on a encore des centaines d'années de vie devant soi ! Ange trouvait cela barbare. Mais il était bien obligé de reconnaître que ses conceptions existentielles étaient liées aux contingences terriennes. S'il avait calculé son espérance de vie en milliers d'années, peut-être se serait-il délecté, comme les Oï-Tîkî, de la livrer aux pièges du hasard ?

Cinq jours après son opération, l'ancien qui déclinait rapidement avait réclamé de la résine. Ange avait hésité, pensant que cette dernière finirait d'achever le saurien, et finit par céder en reconnaissant que cela ne changerait pas grand-chose. De toute façon, le malheureux n'en avait plus que pour quelques heures.

Le lendemain, le « malheureux » réclamait de la nourriture et plus de résine, et le surlendemain, il réussissait à se lever pour excréter. Ange eut une illumination. Il supprima la résine et vit avec jubilation le saurien se remettre à dépérir. Pour la première fois, une piste sérieuse s'offrait à lui. L'hallucinogène était peut-être la substance miracle recherchée depuis tant d'années.

Il se procura non sans mal un litre du sérum Tabucci qui provoquait dans les heures suivant son inoculation une effroyable accélération du vieillissement des cellules. Ce sérum était strictement réservé à la recherche médicale mais on en trouvait à condition d'y mettre le prix.

Homme orchestre, Ange avait plus de talent pour la chimie que pour le génie génétique. Les diamants d'une pureté absolue qu'il était arrivé à synthétiser étaient très appréciés par les intermédiaires qui le fournissaient en substances interdites. Malgré l'extension de l'Œcumène, le diamant ne s'était jamais dévalué. C'était heureux car Ange n'aurait pas aimé perdre un temps précieux à synthétiser de nouvelles pierres...

Grâce au sérum et à un nouveau cobaye, Ange put très vite vérifier l'exactitude de sa théorie. Même très jeunes, les Oï-Tîkî étaient déjà imprégnés par la résine et résistaient parfaitement au sérum. Cette immunité cessait radicalement dès l'ablation de leurs cristaux biliaires. On eût dit que leur foie, en luttant contre l'alcaloïde toxique de la résine, sécrétait un antidote d'une telle force qu'il permettait au corps entier de se régénérer...

Les semaines suivantes, Ange travailla nuit et jour. Les échecs succédaient aux échecs. Jamais l'incinérateur n'avait brûlé tant de cadavres. Ange dut se rendre à l'évidence, l'alcaloïde de la résine n'était pas supporté par les mammifères, à quelque dosage que ce fût.

Après trois jours et trois nuits d'intense ivrognerie, dans les brumes nauséeuses du quatrième matin, Ange, tendant la main vers son poison, suspendit son geste.

Fauchée malencontreusement, la bouteille de bourbon s'écrasa sur le sol mais cela n'avait plus d'importance. Ange venait d'avoir une nouvelle illumination. Si les humains n'arrivaient pas à se fabriquer tout seuls un antidote à leur vieillissement, peut-être pouvaient-ils user directement de celui des Oï-Tîkî ?

Le biologiste se renferma dans son laboratoire. Il avait chassé loin de lui comme un insecte importun le spectre des implications de sa théorie sur la race oï-tîkienne. Il serait toujours temps d'y penser s'il n'était pas, une fois de plus, confronté à un échec...

Il avait réussi. Les petits rongeurs des sables qui lui servaient de cobayes n'étaient pas morts et avaient victorieusement résisté au sérum Tabucci.

Les jours précédents, Ange avait expérimenté différents dosages sur trois couples de primates rigelliens dont le métabolisme était très proche de celui de l'homme et il pensait savoir désormais qu'un milligramme de dissolution cholique faisait avorter l'action du sérum Tabucci.

Et maintenant, le biologiste arpentait avec nervosité la pièce qui avait abrité tant d'efforts. L'heure était venue pour lui de tester la dissolution.

Il jeta un coup d'œil narquois à ses reflets déformés par les surfaces astiquées des cornues et haussa les épaules.

– Après tout, grogna-t-il mezza voce, tu n'es rien d'autre qu'un grand singe, mon vieux. Pas de raison que ça te réussisse moins bien qu'à eux !

Il s'arrêta devant la table immaculée où l'attendaient les deux seringues et le désinfectant et ajouta, avec un regard narcissique à la moue désabusée que lui renvoyait l'alambic trop poli :

– Tout de même, ça manque de cobayes humains, ici. Il faudra y penser, une autre fois. Un génie comme moi, servir de sujet d'expérience, c'est trop !

Ange avait remonté sa manche en haut de son bras gauche. Il défit la ceinture de sa robe d'intérieur et s'en servit pour ligaturer son biceps. Il prit l'une des seringues, la tapota pour en chasser les bulles, appuya légèrement sur le piston. Une goutte de liquide mordoré perla à l'extrémité de l'aiguille. Ange appliqua cette dernière sur la veine qui saillait à la saignée du bras et appuya en faisant la grimace. Il détestait les piqûres. Jamais il n'avait pu comprendre ceux qui continuaient à se droguer ainsi quand ils avaient tant d'autres moyens d'assimilation rapide à leur disposition. De toute façon, le masochisme le dépassait.

La main d'Ange tremblait. Il releva un peu le piston pour s'assurer que sa maladresse ne lui avait pas fait transpercer la veine, eut un haut-le-cœur en voyant une goutte de son sang s'épanouir comme une fleur malsaine dans le fluide oï-tîkien et se dépêcha d'enfoncer à nouveau le piston.

Et ce fut le tour de l'autre seringue. C'était plus difficile. Ange la contemplait d'un air sombre, étonné que son contenu terrifiant pût avoir une transparence aussi anodine.

De l'eau. Rien d'autre que de l'eau. En fait, ce sérum est un placebo et c'est dans ta tête que ça se passe. Si tu ne croyais pas vieillir, tu ne vieillirais pas. Allez, de toute façon, tu n'en mourras pas, tu n'auras fait que raccourcir ton espérance de vie.

Ange hésitait toujours.

– Léon, appela-t-il. Mon vieux Léon, tu m'entends ?

Un abominable crachotement fit grésiller sa tête.

– Sang du Christ ! Léon, tu es encore en train de subvocaliser !

– Pardon, maître. Je suis là, maître. Et d'ailleurs, où pourrais-je être allé ? Je n'ai pas de jambes pour vous quitter.

– Bon Dieu, mais c'est qu'il me fait de l'esprit, l'animal ! Ah, je retrouve un peu ta programmation d'autrefois. Mon lion, mon Léo rugissant qui envoyait des vannes à tous mes invités ! C'était le bon temps de la Terre, hein, Léo ? Ne t'inquiète pas, ce bon temps va revenir.

– Je n'en doute pas, maître.

– Pour ça, il suffit que je trouve en moi le culot d'appuyer sur ce foutu piston.

– Alors, allez-y, maître.

– Facile à dire, Léon. Ce n'est pas toi qui risques de prendre trente ans en trois heures ! J'aurai l'air malin si j'accède à l'immortalité sous les traits d'un vieillard !

– Si vous ne vous décidez pas, maître, vous aurez quand même l'air d'un vieillard dans trente ans.

– Cesse de me donner des leçons, sacredieu ! Je sais ce que j'ai à faire.

Et d'un geste résolu, Ange s'injecta le sérum Tabucci.

– Léon ?

– Oui, maître.

– Tu vois, je l'ai fait !

– Bravo, maître.

– Bien. Comme je n'ai aucune envie de rester planté devant un miroir à guetter les signes avant-coureurs de la catastrophe, je vais me faire un hypnotique séquentiel de quatre heures. S'il y a des communications, tu ne me réveilles pas, compris ? Tu les mets dans la boîte.

– Il n'y aura pas de communications.

– Ah bon ? Et pourquoi donc ?

– La cordillère du Cancer est en pleine éruption. Toutes les liaisons sont coupées.

– Voilà qui résout en effet la question. Eh bien, bonne nuit, Léon.

Quatre heures plus tard, Ange Costel se précipitait vers la psyché panoramique dont les bois et les glaces tarabiscotés ornaient sa chambre.

– Je n'ai pas changé, murmura-t-il en palpant avec reconnaissance ses joues rondes et imberbes.

Etait-ce une illusion ? Le produit de sa subjectivité ? Sa peau lui semblait plus ferme. Et son teint... n'était-il pas plus clair ? Son regard, plus vif ?

Mais oui, c'était évident ! Son visage tout à l'heure encore rougi et bouffi par l'alcool s'était décongestionné. Et ses mains ! Ses mains ne tremblaient plus ! Et cette forme exceptionnelle ! Il avait l'impression que sa sieste n'avait pas duré quatre heures mais au moins quatre jours !

Exultant, Ange effectua quelques pas d'une néogigue à la mode au Jardin des Délices.

– Léon, mon vieux Léon ! J'ai gagné, tu entends ? Gagné, gagné, gagné, gagné !

– J'entends bien, maître; Vous avez gagné. C'est-à-dire : GAGNÉ !!!

– Te rends-tu compte de ce que cela signifie ? En as-tu seulement conscience ?

– Certes, maître. Je ne crois pas me tromper en assurant que vous pensez à votre retour sur Terre.

– Tu ne te trompes pas, c'est exactement à cela que je pense. Enfer ! Si seulement ils ne m'avaient pas tué Joris. Mais le Singe paiera pour ça. Et très cher, tu peux me croire. Joris sera vengé. S'il le faut, j'irai jusqu'au Saint-Siège. Pauvre Joris, quelle mort atroce ! Et cette foutue substance en est la responsable !

— Ser Ibère aurait aimé vous voir réussir, maître.

— Peut-être. Ou peut-être pas... Il n'aurait pas forcément apprécié que je me mette à convoiter le contenu vésiculaire de ses chers Oï-Tîkî. Je vais devoir être très prudent, très diplomate. Joris va me manquer. Il m'aurait aidé pour cette négociation délicate. Bon sang, c'est à lui que je dois tout. Jamais je n'aurais rencontré les Oï-Tîkî, autrement. En fait, *personne* ne les aurait rencontrés. Tant qu'ils restaient bien sagement dans leur hémisphère, quel besoin avait-on d'un ethnolinguiste, hein ? Les traducteurs instantanés suffisaient bien. Pas besoin d'aller chercher plus loin. Joris, tu es le père de l'humanité. Sans toi, jamais elle n'aurait accédé à cette seconde vie. Pourquoi faut-il que tu sois mort ? Et mort justement à cause de ça ! Comment te rendrai-je jamais justice ?

— Puis-je faire une suggestion, maître ?

— Bien sûr.

— Ne pourriez-vous rendre à Ser Ibère une part de cette immortalité perdue en donnant son nom à votre sérum ?

— Pourquoi pas ? Son patronyme sonne aussi clair que le mien. La conjonction sera très heureuse. Costel-Ibère... Sérum Costel-Ibère... C'est un peu long, mais c'est joli.

— Maître ? Je ne voulais pas dire...

— Mon vieux Léon, je sens que je vais aller fêter ça dignement. Ce que tu ne « voulais pas dire » ne m'intéresse pas. Comme ça, tout est pour le mieux dans le meilleur des mondes.

— Puis-je faire une autre suggestion ?

— Encore ! Mais tu deviens verbeux !

— N'allez pas à Southern City. C'est trop dangereux.

— Mon Léon en nounou, maintenant ! J'ai

passé l'âge où l'on s'expose inutilement, tu sais. Et j'ai affreusement peur de la torture. Crois-moi, je serai très prudent.

– Et le cataclysme du Cancer ?

– Léon, excuse mon hilarité, mais toutes tes ruses sont inutiles. Avec Bellérophon, je plafonnerai bien au-dessus des volcans. Je n'ai pas l'intention de rester cloîtré ici. J'ai besoin de prendre l'air et de voir des filles. Allez, je vais être bon prince et t'offrir des vacances. Je ferme Beaurepaire et je te désactive. Le bloc de verrouillage suffira bien pour la sécurité. On ne peut pas dire que les cambrioleurs pullulent, dans la région.

7

Elle rampait dans un couloir étroit, de plus en plus étroit, et le couloir se modelait à son corps et il commençait à serrer et bientôt elle ne pourrait plus respirer, elle manquait déjà d'air, et elle se réveilla et se mit à hurler.

Elle était dans un cocon.

Quelque chose avait tissé sa toile tout autour de son corps et s'il lui restait un peu d'air c'est parce qu'elle avait dormi la tête entre ses bras.

La substance gluante, élastique, emprisonnait si étroitement ses jambes qu'elle ne pouvait pas les bouger. Heureusement, elle avait une petite marge en haut du corps et après quelques instants de lutte, silencieuse pour économiser son oxygène, elle parvint à déchirer le cocon et se libérer de son étreinte.

A quelques pas d'elle, dans les lueurs imprécises de l'aube, elle distingua une grande masse fibreuse et blanchâtre et, n'obtenant aucune réponse à ses appels, en conclut qu'il s'agissait du saurien et qu'il était en mauvaise posture.

Elle se précipita vers lui et tenta de le délivrer mais l'enveloppe qui l'enfermait avait séché et résistait à ses tentatives. Sur le point de pleurer d'impuissance, Jordane se rappela son couteau et le sortit de sa poche.

Quelques instants plus tard, le corps du saurien roulait hors de son tombeau. Il ne respirait plus. Avec désespoir, Jordane se mit à cogner de toutes ses forces sur la cage thoracique inerte. Ce fut très efficace. Bên-ïî-ïî bondit sur ses pieds dans un grondement impressionnant.

D'autant plus furieuse qu'elle avait eu peur, Jordane se mit à crier.

– Alors, je tire Son Eminence d'affaire et voilà comment je me fais recevoir !

Elle réalisa tout à coup à l'air éberlué du saurien qu'elle parlait dans sa langue et continua en oï-tîkien, mais sans changer de ton.

– Parce que, bien sûr, tu n'étais pas enfermé là-dedans contre ton gré !

– Ce n'est pas une raison pour me défoncer la poitrine !

– Mais tu ne respirais plus !

– Je m'étais mis en léthargie. J'aurais pu survivre pas mal de temps, comme ça.

– Désolée, je l'ignorais, mais dans le doute, j'ai toujours pensé qu'il vaut mieux en faire trop que pas assez.

– C'est un point de vue qui n'appartient qu'à toi.

– Aaaaah !

Bên-ïî-ïî se retourna pour découvrir la raison du hurlement de Jordane.

Le gigantesque arthropode qui avait failli les tuer sifflait de colère à la vue de ses cocons détruits et de ses victimes toujours vivantes. Ses yeux à facettes pédonculés sortaient et roulaient hors de leurs orbites comme pour mieux évaluer l'étendue du désastre. Bên-ïî-ïî se mit à rire.

– Elle est furieuse.

– Elle ?

– C'est une femelle. Tu ne vois pas ses petits sur sa carapace ?

En écarquillant les yeux, Jordane discerna un grouillement sur le cuir chitineux du dos de la bête. Cela lui arracha un cri d'angoisse.

– N'aie pas peur ! Elle ne te fera plus rien, maintenant. Les gâr-guêel n'attaquent que la nuit, et toujours des proies endormies dont ils accentuent l'inconscience en leur pulvérisant un gaz soporifique. Ça sort de cet embout, là, sous la trompe, tu le vois ? Après, ils sécrètent un fil et tissent une enveloppe autour du corps. Le plus souvent, la victime meurt étouffée avant même de s'être réveillée. Les grosses proies comme nous, qui émergent avant l'issue fatale, n'arrivent en général pas à se libérer. Tu as eu une chance inouïe de te réveiller avant le durcissement complet du cocon.

– Mais comment peuvent-ils manger d'aussi gros cadavres ? Ils n'ont pas l'air d'avoir de dents ?

– Le gâr-guêel sécrète également un liquide qui a la propriété de décomposer toute matière organique. Un liquide extrêmement corrosif. Quelques instants suffisent.

– Et tu t'apprêtais à affronter ça vivant ?

– J'avais un faible espoir de réussir à m'enfuir au moment de la dissolution du cocon et juste avant que le jet n'entame mon propre organisme. Je reconnais que c'était illusoire. Mais tout vaut d'être tenté pour échapper à ce genre de mort.

– N'est-ce pas ? Même de se faire enfoncer les côtes, non ?

– La pauvre !

– C'est à moi que tu parles ?
– Et à qui d'autre ?
– Et en quoi suis-je pauvre ?
– Pas toi, elle ! Regarde ses petits s'agiter sur sa carapace ! Ils ont faim et elle ne va pas pouvoir les nourrir.
– Grand bien leur fasse. Qu'ils crèvent !
– Les femelles n'ont vraiment pas de chance.
– C'est une obsession.
– On voit bien que tu n'en es pas une. Si tu étais obligé d'assumer tes petits, Jor-ân', tu parlerais autrement.
– Tu fais une confusion sur la personne, mon cher Béni. Tu permets que j'emploie ce diminutif ?
– Bên'ï ? Bah, si tu veux. C'est quoi, cette confusion ?
– Je ne suis pas *un* mais *une* humaine. En ce moment, tu parles avec une femelle... Et une femelle qui n'a pas du tout l'intention de s'encombrer de petits !
– Une femelle !? Et tu n'es pas au nid !?
Béni s'en étranglait. Il marmonna quelques mots incompréhensibles puis cessa soudain d'avoir l'air dérouté et s'exclama :
– Alors, tu es stérile. Les anciens de ma race disent que vous n'éliminez pas vos infirmes.
– Merci pour l'infirme ! Non, ce n'est pas ça du tout. Nous savons parfaitement provoquer et guérir la stérilité.
– Provoquer ? (Béni s'étranglait à nouveau.) Mais c'est contre nature !
– Apparemment, les Oï-Tîkî ignorent tout du contrôle des naissances ! Chez nous, une femelle peut décider à tout moment d'avoir ou de ne pas avoir de petits. Elle agit selon son désir et ses possibilités matérielles. Ainsi ne se retrouve-t-elle jamais dans le cas du gâr-guêel.

– Par le sang! Je n'y comprends rien. Si les femelles ne sont pas obligées de pondre des petits, comment votre race se perpétue-t-elle?

– Ne t'inquiète donc pas pour ma race, qui est des milliards de fois plus nombreuse que la tienne. Il y a toujours des femelles pour désirer porter des petits et nous ne pratiquons pas votre eugénisme *barbare*.

– Qu'est-ce que c'est : « bâr-bâr' »?

– C'est un qualificatif pour votre cannibalisme écœurant!

– Mais ce n'est pas écœurant! C'est très bon! Ça ne rend pas malade!

– Je crois que cette conversation est sans issue, soupira Jordane qui croquait mélancoliquement une tablette survitaminée. Si nous reprenions la route?

⁂

Ils marchaient depuis des heures dans le bourdonnement de mille insectes rendus jumeaux par le nuage pourpre de la pollinisation.

Eux-mêmes étaient enduits de cette suie végétale. Les émotions du réveil avaient tant perturbé Jordane qu'après avoir pulvérisé de l'insectifuge sur son corps, elle avait oublié de changer de main. La droite qui tenait l'aérosol n'avait pas reçu l'habituel film protecteur et le résultat ne s'était pas fait attendre. Une gale hideuse boursouflait la peau et le prurit en était intolérable.

Circonstance aggravante, l'air était presque irrespirable tant il était chargé d'humidité. Jordane et Béni avaient atteint une région de marécages. Ils avançaient sur des croûtes instables qui surplombaient, ici, des vases que l'ondulement de serpents douait de vie, là, des eaux huileuses recouvertes par un tapis de pollen rouge que déplaçaient à peine des punaises transparentes aux pattes gigantesques.

Partout, l'éclosion de bulles malsaines crevant à la surface signalait l'existence d'une faune subaquatique. Et cette faune, à en juger par ses claquements de mandibules, n'était pas désarmée.

Jordane avait la sensation de plonger de plus en plus profondément dans un monde de pourriture où tout fermentait, jusqu'à l'air qu'elle respirait.

C'était un monde irréel et glauque, mi-gazeux, mi-liquide, et il lui semblait qu'elle se transformait en un être hybride, terrien-marin, et que sa combinaison, durcie par les projections de boues, de résines, de sèves et gluante de pollen rougeâtre, se muait en cette carapace indispensable à sa métamorphose puisqu'elle couvrait toutes les bêtes de la forêt.

La puanteur devint soudain tellement atroce que Jordane revint à elle. Béni venait de s'arrêter devant une grosse charogne et tentait de la retourner avec un bout de bois. Il semblait très content. L'animal informe grouillait de nécrophages qui lui prêtaient un faux air de vouloir se lever en se plaignant par-delà la mort d'une voix crissante et lugubre.

Jordane se retourna et vomit. Sa bile gicla sur une sorte de masse ovoïde qui ressemblait à un fruit pourri et qui explosa en dégageant des vapeurs suffocantes.

L'adolescente se mit à pleurer, sans chercher à savoir si ces larmes étaient provoquées par l'âcreté des effluves, ou sa fatigue, ou son sentiment d'être abandonnée de tous car on ne pouvait inclure dans les compagnons possibles cette espèce de lézard qui était en train de rire avec satisfaction, de ce rire à la résonance de cymbales désaccordées, cacophonie surajoutée au charivari de l'aquarium sylvestre.

A terre, il y eut un mouvement que ses pleurs rendaient flou et Jordane dut cligner plusieurs fois des paupières avant de discerner le vermicelle blanchâtre qui se tordait sur ses bottes, en provenance du « fruit » – végétal ? animal ? –, et à la recherche manifeste d'un nouvel abri.

Après s'être débarrassée non sans mal de ses très collants visiteurs, Jordane rejoignit Béni. Finalement, un lézard, c'était mieux que personne du tout.

– Regarde, lui dit le saurien exultant en lui montrant sur la charogne de grandes plaques où l'ossature était à nu. Ces traces de dents sont celles du kâ-âalkâ-kâa. C'est lui qui a tué le ril-ss'.

– Ça, un ril-ss' ! Eh bien dis donc ! Cette charogne est vieille de plusieurs jours. Ton kâal-kâka doit être loin.

– Kâ-âalkâ-kâa, corrigea Béni, enchanté de prendre Jordane en défaut. Et il n'est pas loin du tout. Le ril-ss' a dû mourir au premier soleil. La décomposition va vite dans les marais.

Effectivement, un peu plus loin, sur des berges plus fermes, ils trouvèrent les traces fraîches du gigantosaure.

Jordane serrait les dents pour les empêcher de claquer. Elle remarqua que Béni n'avait plus l'air aussi content de toucher au but et se demanda une fois de plus comment le saurien allait tuer le monstre avec la ridicule sarbacane qu'il lui avait montrée.

Alors, un cri fit résonner la forêt. Un cri sombre et triste, et Jordane se dit que si elle avait cru aux fantômes, elle leur aurait prêté exactement ce genre de voix, et ses dents se mirent à s'entrechoquer. Elle ne tenait pas du tout à voir l'être qui gémissait ainsi. Elle y tint encore moins lorsque

Béni lui eut expliqué que ce cri était celui du kâ-âalkâ-kâa.

– Tu peux m'attendre ici, si tu veux, lui assura le saurien.

Mais sa corne était enflée et violacée et il ne donnait pas réellement l'impression de souhaiter se séparer de sa compagne. Laquelle n'avait pas plus envie de rester seule que d'aller affronter un monstre.

Pour gagner un peu de temps, elle décrocha son arc de son épaule gauche, vérifia la tension de la corde, choisit longuement une flèche, y tailla de petites encoches dans lesquelles elle introduisit les barbillons prélevés tout à l'heure, non sans répugnance, sur la dépouille du ril-ss'.

Béni attendait avec une patience dont il n'avait guère fait preuve, jusque-là. Lorsque Jordane fut prête, et comme s'il cherchait lui aussi à retarder le moment de passer à l'attaque, il sortit une fiole de son havresac, l'ouvrit et y trempa l'extrémité de l'éclat de lor-oss' sélectionné par Jordane.

– Poison violent, précisa-t-il. Si le kâ-âalkâ-kâa me tue, tu auras une chance, avec ça. Une seule chance. On n'a pas le temps de tirer deux fois.

Ils se décidèrent. Un peu plus loin, le giganto-saure avait ouvert dans la strate arbustive à nouveau dense un passage à sa taille. « Une vraie voie épiscopale », murmura Jordane avec un petit rire nerveux.

Et le cri long, spectral, fit à nouveau trembler la forêt, tout près.

Jordane s'arrêta net. Elle pouvait voir le dos hérissé de plaques du monstre, arrêté à moins de trente mètres d'eux.

Béni continua d'avancer avec circonspection. Les branchages des arbres abattus craquaient sous ses pas et Jordane avait envie de se boucher les oreilles pour ne plus entendre ce bruit dénonciateur.

Le kâ-âalkâ-kâa humait l'air, comme s'il flairait une présence. Il fit volte-face d'un seul coup, avec une vivacité incongrue pour un animal aussi énorme, aperçut Béni qui, tout aussi vivement, venait de le mettre en joue, et chargea.

Sa charge aveugle le fit trébucher sur un tronc couché et Jordane vit avec horreur le projectile de Béni raser la tête du monstre sans s'y arrêter.

En un éclair, tout son apprentissage du tir et de la lutte revint en elle, son arc était bandé, elle était calme, le vide se fit en elle, et au point de concentration ultime, son ki décocha la flèche vers le centre vital du monstre, et la flèche se ficha en vibrant au défaut du front bosselé, entre les deux yeux.

Foudroyé, le kâ-âalkâ-kâa s'effondra.

Jordane tomba sur ses genoux, victime du choc en retour. Elle tremblait convulsivement et une sueur épaisse baignait son corps. Elle mit longtemps à se calmer et lorsqu'elle revint à elle, ce fut pour constater que Béni était à demi enseveli par le gigantosaure.

Elle se précipita à son secours et s'aperçut qu'il vivait encore et qu'elle pourrait le libérer facilement. Il n'était recouvert que par l'une des plaques dorsales du monstre, celle qui, sans doute, l'avait assommé.

La jeune fille trouva facilement un levier dans la masse de branchages arrachés. Peu de temps après, elle délivrait Béni de son carcan et entreprenait de le palper pour voir s'il avait des membres cassés.

Le saurien était couvert d'une espèce d'écume et Jordane fronça le nez.

– Sang du Christ! jura-t-elle à mi-voix. Qu'est-ce qu'il pue!

— Qu'est-ce que tu dis ?

— Eh bien, te voilà réveillé ! Je disais que tu pues. C'est une infection.

— Et toi, tu crois que tu sens bon ? C'est la peur. On sent la peur. Tous les deux. Et ne t'imagine pas que ton odeur de mammifère embaume mieux mes narines que je n'embaume les tiennes. Evidemment, j'ai un avantage certain sur toi, les anciens me l'ont dit. Je peux commander à mon odorat. Lorsque ton odeur me gêne trop, hop, je cesse de te sentir. Voilà. C'est mieux. Remarque bien que je n'aime pas ça. Quand je bloque ce sens, j'ai l'impression de m'amputer.

Jordane ne l'écoutait plus. Elle s'était éloignée et, affalée sur un amas de branchages, elle tentait de reprendre les commandes de son corps à nouveau parcouru de frissons incoercibles. Chaque fois qu'un peu calmée elle se soulevait sur ses coudes et redécouvrait la masse du gigantosaure, elle se remettait à trembler.

Longtemps après, lorsqu'elle eut retrouvé la maîtrise d'elle-même au point d'être à nouveau gênée par les émanations acides de son compagnon, elle dégagea son sac, en sortit le micro-doucheur à impulsions et le braqua sur Béni qui se laissa faire, trop abattu pour protester.

Puis, elle le retourna vers elle-même après avoir démagnétisé sa combinaison et l'avoir retroussée sur ses pieds.

Béni la regardait avec intérêt.

— Quand même, s'exclama-t-il, vous êtes bizarrement faits, vous autres mammifères.

— Je ne vois pas ce que j'ai de si bizarre.

— Ça ne te gêne pas, ces mamelles ?

— Eh non, ça ne me gêne pas. J'en suis même plutôt contente !

Et savourant avec délices le plaisir de retrouver un corps propre, Jordane remonta sa combinaison et la remagnétisa. Une pulvérisation d'insectifuge et elle fut à nouveau hermétiquement protégée.

Retombant dans sa prostration, Béni se mit à gémir.

– Où allons-nous retrouver un kâ-âalkâ-kâa, maintenant, se lamenta-t-il.

– QUOI ??? rugit Jordane, si fort que le saurien fit un bond en arrière.

– Je ne peux pas rentrer sans en avoir tué un.

– Ça ne va pas, non ? Et ça, qu'est-ce que c'est ? Un singe-tatou, peut-être ?

– Mais ce n'est pas moi qui l'ai tué, c'est toi ! maugréa Béni en tournant autour de la bête. Et de quelle façon ! Nos meilleurs chasseurs n'auraient pas fait mieux. Avec un coup pareil, tu n'avais même pas besoin du venin. Remarque, il servira tout de même à la conservation du corps.

– Mais le venin ne peut pas s'être propagé dans un corps foudroyé !

– Ce sont les centres nerveux que tu as paralysés. Le cœur a continué de battre un moment. Suffisamment. Ce venin a un effet presque instantané.

– Bon, cesse de détourner la conversation. Ce kâ-âalkâ-kâa est à toi. C'est toi qui devais le tuer. Autrement, tu serais mort. Moi, je n'aurais jamais dû être là. Donc le kâ-âalkâ-kâa est ta proie. Tu l'as traquée et abattue, et crois-moi, ce n'est pas moi qui te contredirai devant les tiens. Tout ce que je demande, en échange de cette encombrante dépouille, c'est que tu m'aides à quitter la forêt et à gagner Beaurepaire.

– Bô-repêer ?

– Tu connais ?

– Anj' Coss'têel et Jor-iss' Ibêer ?

– C'est ça. Ange est mon... *Bon sang, comment dit-on tuteur, en oï-tîkien ?* Euh... celui qui prend soin de moi depuis la mort de Joris. Joris était mon géniteur. Le mâle ou la femelle qui vous engendrent sont très importants chez les humains.

– Mais tu n'as besoin de personne pour prendre soin de toi ! Tu n'es pas un petit !

– J'ai quinze ans standard et certains humains considèrent qu'à cet âge-là, on est encore un petit.

– Et moi qui croyais que tu étais un mâle adulte. Et en fait, tu n'es qu'une petite femelle.

– Eh là ! Pas si petite que ça. Je suis même sacrément grande pour mon âge.

– Je voulais dire jeune. Jeune comme moi. Tu sais, Anj' et Jor-iss', les Oï-Tîkî les aiment bien. Je ne sais pas pourquoi, ils ne sont jamais venus visiter notre pyropole, mais ils les aiment bien.

– Tant mieux. Saurais-tu situer Beaurepaire ?

– Je pense. Ce n'est pas très loin de la forêt. Il ne faudra pas passer par la mangrove, plutôt par Mortecombe. Au fond, nous devons en être assez près. Nous devrions pouvoir franchir la lisière dès ce soir.

– Eh bien, qu'attendons-nous ? En avant !

⁂

Béni avait trop présumé de leurs forces. Réussir à passer les courroies de sustentation sous le monstre leur prit des heures. Lorsque tout fut terminé et que le saurien eut branché le générateur de champ pour vérifier que tout allait bien, la nuit tombait.

La mort a-t-elle une odeur lorsqu'elle n'est pas accompagnée par la décomposition du corps ?

Une bonne vingtaine de carnivores, petits et grands, faisaient cercle autour du cadavre. Ils restaient à distance respectable, comme s'ils redoutaient de subir, en approchant davantage, le sort du kâ-âalkâ-kâa. Mais Jordane imaginait qu'ils attendaient une obscurité plus propice à une agression sans risques.

Le plus surprenant était le statu quo qui régnait entre ces espèces disparates... De temps en temps, il y en avait bien un qui en pourchassait un autre, mais sans grande conviction, comme pour faire diversion.

– Cesse donc de faire de l'anthropomorphisme, se dit-elle à mi-voix.

– Que dis-tu ? interrogea Béni.

– Rien qui te concerne. Je me demandais ce que nous allions faire des charmantes bestioles qui nous encerclent. Dormir ici, c'est bien joli, mais je ne tiens pas à leur servir de souper !

– Aucun risque, tu vas voir. Les anciens ont tout prévu.

– Sauf de te munir d'une arme efficace contre ton monstre !

– Ça, c'est le jeu. Le test qui me permet d'être admis dans la communauté, si tu veux. Voilà ce qui va nous protéger cette nuit.

Et Béni exhiba de minuscules bâtonnets et une non moins minuscule boîte qu'il venait de sortir de son havresac.

Jordane eut un soupir de découragement.

Le saurien se mit à planter ses bâtons à intervalles réguliers tout autour du gigantosaure. Lorsqu'il eut fini, il enfonça une touche dans le cuboïde qu'il avait accroché à sa ceinture et dit avec satisfaction :

– Et voilà. Maintenant, plus rien ne peut venir de l'extérieur.

– Tu parles !

– Tu ne me crois pas ? Regarde !

Et Béni, s'emparant d'une branche, la projeta vers les bêtes aux aguets. En passant le cercle imaginaire tracé par la succession des baguettes, le bout de bois se carbonisa dans un éclair éblouissant.

Le souffle coupé, Jordane en resta sans voix. Quant aux carnivores, ils avaient fait volte-face et gagné l'abri des buissons.

– Alors ! triompha Béni sans la moindre modestie.

– Ce qu'il y a de stupéfiant, chez vous autres Oï-Tîkî, c'est le perfectionnement de votre technologie à côté de tant d'arriération mentale !

– Quoi ? Mais c'est vous qui êtes arriérés, mammifères ! explosa Béni en se ruant sur Jordane.

Celle-ci avait prévu l'assaut et le saurien se retrouva étendu de tout son long sans avoir compris ce qui lui était arrivé.

– C'est toi qui m'as fait ça ?

– Eh oui ! triompha à son tour Jordane sans plus de modestie que son compagnon.

Elle avait profité de l'effet de surprise et, pour couper court à des représailles dont elle n'était pas sûre de canaliser la violence, elle ajouta, très vite :

– Ton système de protection, là, tu peux me dire pourquoi tu ne t'en es pas servi plus tôt ? Il nous aurait évité de nous réveiller en cocons, non ?

– Tu n'en as pas eu besoin pour te défendre, n'est-ce pas, mammifère ?

– On ne peut pas en dire autant de toi, lézard. Sans moi, tu serais liquéfié, en ce moment, et tu servirais de soupe aux petits du gâr-guêel !

– L'autonomie de cet énergène n'est que d'une nuit, si tu veux savoir. Tant que je n'avais pas tué le kâ-âalkâ-kâa, il valait mieux le garder en réserve.

– Je suis absolument extasiée de t'entendre souligner *ton* exploit.

– C'est bien ce que tu voulais, non? Je ne te comprends vraiment plus!

– Laisse tomber, lézard. Ça n'a aucune importance.

– Tomber quoi?

– La discussion, stupide bipède à écailles!

Et tournant résolument le dos à Béni, Jordane se dirigea vers le monstre, l'escalada et s'y installa pour dormir.

Le tégument de la bête exhalait une odeur doucereuse mais supportable. Moins corné sur le ventre, il était assez souple et l'adolescente put s'installer confortablement. Elle regrettait de s'être emportée, mais pas trop tout de même. Ce saurien vantard avait besoin d'une leçon.

Il faisait nuit noire, maintenant. C'était d'autant plus impressionnant que le tumulte ambiant, s'il avait changé de nature, ne s'était pas arrêté.

Pour se réconforter, Jordane essaya de se persuader qu'elle se trouvait dans une scierie. Elle n'en avait jamais visité mais elle imaginait assez bien un environnement sonore du même ordre avec le crissement des scies, les stridulations de métaux s'affûtant contre d'autres métaux, le vrombissement suraigu des perceuses, le raclement des rabots sur les planches et jusqu'aux borborygmes de cyborgs mal lunés...

Il y eut un éclair et elle distingua fugitivement le corps d'un petit animal que le système de protection foudroyait. Une odeur de viande grillée se répandit dans l'air et Jordane se rappela qu'elle n'avait pas mangé depuis des heures. Elle croqua une tablette de Glip et avala une gorgée de l'eau recyclée par le distille de sa combinaison. Malgré le goût infect, elle se força à boire encore, pour éviter la déshydratation.

Un soubresaut du ventre du gigantosaure lui apprit que Béni montait lui aussi s'installer sur la bête et l'instant d'après, c'était l'aube, et il allait falloir se remettre à marcher, et elle était moulue.

Un bruit écœurant de mâchoires la mit sur son séant. Le cercle de protection était jonché de cadavres et Béni en avait fait rôtir un qu'il dévorait à grands coups de ses petites dents coniques.

Jordane eut une moue de dégoût. Jamais le saurien ne lui avait semblé plus animal. Voyant qu'elle était réveillée, il lui tendit un grand lambeau de viande fumante qu'elle refusa avec dédain.

Mais l'odeur lui donnait faim. Et après tout, un animal ne fait pas cuire sa viande. Elle s'approcha des braises et se mit à son tour à se nourrir avec voracité.

Deux heures plus tard, Béni perforait le mur bleu-noir de la forêt à l'aide de son microtonneur et ils émergeaient « à l'air libre ». La claustration de Jordane avait duré cinq jours, celle du saurien, sept. Ils avaient fini leur parcours en se servant de la carcasse en sustentation du kâ-âalkâ-kâa comme d'un bélier. Ils laissaient derrière eux une brèche énorme qui serait vite comblée.

Béni fit quelques pas en avant, les yeux clos, et se mit à tourner sur lui-même, bras écartés, dans une attitude sensuelle d'offrande au soleil.

Pour la première fois, Jordane trouva beau ce corps puissant aux écailles d'un vert sombre et luisant et se prit à penser que ces lignes harmonieuses n'étaient pas si éloignées de celles qu'offraient certaines anatomies humaines.

Bien sûr, il y avait la queue, le mufle allongé dépourvu de lèvres et d'oreilles, cette corne qui ornait le front mais qui serait bientôt amputée, les griffes des mains et des pieds... Non, décidément, cette idée d'une ressemblance était une vue de l'esprit. Ce saurien n'était qu'un saurien. Pour être sympathique, il n'avait pourtant rien d'humain.

Elle avança elle aussi pour échapper à la sourde menace de la forêt toute proche. Elle avait le sentiment de ressusciter, d'être une nouvelle fois sortie d'eaux matricielles, de naître au jour après avoir échappé au vagin denté des mythes primordiaux.

Sa sensation intense d'être en vie, intacte dans l'irisation solaire en dépit de toutes les embûches, était encore augmentée par le paysage féerique qui s'offrait à ses yeux. Un paysage mort, mais par le dam, que cette mort-là était donc belle !

C'était une partie de la forêt que jadis la mer avait tuée. Un ossuaire de dendrites blanchies dont l'abandon n'avait rien de lugubre et qui semblaient réunies pour une supplication étincelante et silencieuse.

La croûte de sel qui recouvrait le sol craquait sous les pas et bien que le soleil ne fût pas encore très haut dans le ciel, ses rayons se réverbéraient sur les cristaux d'une façon presque insoutenable.

Le saurien et l'adolescente avançaient sans parler, comme s'ils étaient conscients de devoir respecter le silence qui régnait ici de toute éternité. On n'entendait pas même un chant d'oiseau.

Dès qu'ils purent cesser de louvoyer entre les troncs, Béni aida Jordane à escalader la carcasse du gigantosaure en suspension, puis il y grimpa à son tour et, après avoir évité habilement les derniers obstacles, il mit la propulsion du champ antigrav à sa vitesse maximale.

A la fin de la matinée, ils arrivaient à Beaurepaire et trouvaient porte close.

Jordane se mit à tambouriner avec désespoir sur le battant d'acier massif en hurlant :

– Ange Costel ! C'est moi, Jordane Ibère, vous

n'allez pas me laisser dehors, tout de même! Léon, mon vieux Léon, réponds-moi, Nom de Dieu!

– Léon est désactivé, dit une voix mécanique. Vous parlez au bloc de verrouillage CD-pa. Ser Costel est à Southern City. Vous pouvez le joindre au complexe de plaisir Bêta 3, poste 3013. Vous pouvez également lui laisser un message.

– Enfer! s'exclama Jordane en se retournant vers Béni. Le CD bloc ne m'ouvrira jamais. Il aurait fallu qu'Ange laisse une consigne. Qu'est-ce que je vais faire!

Elle en aurait pleuré. Beaurepaire était complètement isolé à l'ouest de la ceinture équatoriale et elle n'avait aucune chance de rejoindre à pied une autre propriété. Il n'y avait pas de routes sur Dante. Elles auraient constamment été détruites par l'activité sismo-volcanique. Sans véhicule, Jordane était condamnée à une attente qui risquait de s'éterniser.

– Et si tu venais avec moi? proposa Béni.

– Mais... N'as-tu pas dit que tu serais bien content d'être enfin débarrassé de moi?

– Bah! Tu n'es pas si désagréable!

– Et le kâ-âalkâ-kâa?

– Tu m'as juré de ne rien dire, hein? dit le saurien avec une soudaine inquiétude. Les Oï-Tîkî respectent toujours leurs engagements.

– Ce n'est pas le cas de tous les humains, loin de là. Mais tu peux compter sur moi.

– Alors, tu peux venir. Les miens ne vous sont pas hostiles. Ils t'accueilleront sans doute avec curiosité. Nous dirons que ton appareil s'est écrasé à l'orée de la forêt.

– Et que tu m'as rencontrée par miracle, ce qui est la pure vérité!

– Qu'est-ce que c'est : « mî-râc' »?

– Une chose qui n'a pas pu arriver mais qui est arrivée quand même.

– Je ne comprends pas bien.

– C'est assez compliqué pour un extra-terrestre mais les humains aiment bien fabriquer ce genre d'événements quand ça les arrange. Je t'expliquerai plus tard. En attendant, donne-moi les coordonnées de ta cité, que je les fasse enregistrer par ce bloc débile. Si Ange me cherche, il vaut mieux qu'il sache où me trouver.

Quelques minutes plus tard, les deux miraculés s'envolaient pour l'hémisphère Nord sur leur monceau de viande.

8

Ange se sentait mal à l'aise. Sa migraine n'était pas d'origine hépatique puisqu'elle n'avait cédé à aucun des antitoxiques. Son alcoolisme ne pouvait donc pas en être rendu responsable, du moins pas d'une façon primordiale. D'ailleurs, cette névralgie était inhabituelle. Ange ne reconnaissait pas le bourdonnement lancinant qui ne l'avait pas quitté depuis son réveil et qui se révélait plus éprouvant pour les nerfs que véritablement douloureux.

Sa mémoire lui parut si vide quant à ses activités de la veille au Jardin des Délices qu'il se lança dans une débauche d'introspection. En vain. Son emploi du temps comportait un vaste trou entre le moment où, déjà complètement ivre, il avait accepté cette coupe offerte par une ravissante créature, et le moment où il s'était réveillé, la tête vibrant d'ondes imaginaires.

Avait-il été drogué ? Le contenu de la coupe lui avait semblé tout à fait anodin. Il ressemblait au lait hallucinogène du cassamar : couleur blanchâtre, âpreté suscitant les papilles, goût de noisette métissé de vanille. Ange se revoyait en train de boire. Ensuite, il ne se rappelait rien. Et si cette amnésie pouvait être due aux effets cumulés de l'alcool et de l'hallucinogène, elle n'expliquait pas son malaise actuel.

De toute façon, si d'éventuels agresseurs avaient tenté de lui extorquer son secret, ils avaient gaspillé leur énergie. Avant de quitter Beaurepaire, Ange s'était infligé un solide blocage mental qu'il renforçait quotidiennement d'une camisole chimique. Ainsi, les pires abus éthyliques ne pouvaient le faire succomber à la tentation de raconter sa vie...

Ange décida de ne pas prendre au sérieux ses pressentiments. Après tout, il n'était à Southern que depuis quatre jours : il n'allait tout de même pas rentrer si vite à Beaurepaire !

Considérant qu'il valait mieux soigner le mal par le mal, il avala coup sur coup trois coupes de vin de Séné et se félicita de sa thérapeutique. Il était à jeun et l'effet de l'alcool fut immédiat.

Il enfila un pantalon bouffant en moire de soie vieil or et tenta de rentrer dans la brassière en cachemire rouge vif qu'il s'était offerte la veille. Ses efforts furent couronnés de succès mais ce lainage étriqué ne l'avantageait guère.

Depuis longtemps résigné à ce que son corps ne fût pas celui d'un éphèbe, c'est sans trop de regrets qu'il renonça au port du dernier vêtement à la mode. Il le remplaça par une chemise de soie sanglante à col tulipe, jeta une cape à damiers rouges et or sur ses épaules et, après un coup d'œil narcissique au double que lui renvoyait la psyché, il quitta l'environnement rose bonbon de sa suite pour les plaisirs du Jardin des Délices.

On l'accueillit avec les égards dus à un vieil habitué. Encombré par le gigantesque verre du cocktail de bienvenue, Ange se laissa caresser passivement par les hôtesses. Lorsqu'il eut terminé le mélange épicé, il avait arrêté son choix sur sa ravisseuse de la veille et se demandait si elle allait à nouveau lui tendre une coupe de cassamar. Il n'était pas vraiment attiré par elle. Ce visage et ce corps parfaits ressemblaient trop à l'œuvre d'habiles chirurgiens.

Ange n'était ému par la beauté que lorsqu'il avait la conviction, toute subjective, qu'elle était naturelle. Il en voulait pour preuve certaines irrégularités, quelques imperfections ici ou là qu'il s'extasiait à découvrir. Et s'il venait de louer les charmes de la trop belle métisse, c'était dans l'intention de se rassurer tout à fait sur les événements de la nuit précédente.

Avançant à pas irrésolus dans les jardins, il réfléchissait à la meilleure façon d'aborder le sujet lorsque l'hétaïre l'arrêta. Il la dévisagea, étonné de voir trembler les lèvres charnues.

La jeune femme avait porté une main hésitante aux volumes noirs et or de sa chevelure, comme pour rétablir un ordonnancement dont la masse naturellement crépue n'avait aucun besoin. Elle ferma à demi ses paupières dont les cils interminables vinrent efficacement cacher le trouble que trahissaient ses yeux opaques, et c'est d'une voix presque suppliante qu'elle demanda :

– Pouvez-vous patienter un instant, Ser Costel ? J'attendais une communication au moment où vous êtes arrivé et je dois aller l'annuler pour ne pas décevoir mon correspondant.

Chose inouïe, elle le quitta aussitôt, bien qu'il ne lui en eût pas donné la permission.

Furieux de cette inconcevable dérogation à l'étiquette, Ange se dirigeait vers un contrôleur des jardins pour se plaindre lorsqu'il réalisa que la conduite de la fille pouvait s'expliquer par les événements de la veille. Si réellement elle était à l'origine de ce « trou noir » où s'était engouffrée sa mémoire, il y avait peu de chances pour qu'il la revît... et il aurait alors la preuve qu'il avait bel et bien été victime d'une agression.

Au contraire, son retour l'innocenterait. Tout compte fait, elle pouvait bien avoir prévu de faire des choses plus réjouissantes que se soumettre à ses caprices.

Ange avait déjà l'esprit très embrumé. Il s'approcha pourtant de la fontaine aux chimères. Les deux femmes aux visages de chats-huants attendaient comme toujours, de part et d'autre de l'entrée, aussi tranquilles et immuables que des statues, agenouillées sur leurs socles en porphyre.

Fasciné, Ange contempla longtemps leurs becs courbes acérés, leurs yeux ronds et dorés que recouvrait de temps à autre l'une des paupières, puis il se décida à pénétrer dans la fontaine où deux grylles à têtes d'oiseaux multicolores lui offrirent les liqueurs fermentées des bassins.

Grisé par la conjonction des alcools avec les nouveaux hypno-sons du cartel Synthélyrics, Ange s'approcha ensuite du lac où glissaient les nefs-coquilles, dans les volutes irisées des brouillards parfumés.

Les corps irréellement blancs de filles nues dotées d'ailes arachnéennes survolaient le lac en dessinant des figures impossibles et fugitives. Ange savait que ces ébats aériens étaient le fait d'habiles trapézistes reliées aux voûtes lointaines par des fils invisibles, mais cela n'avait jamais diminué son émerveillement. Il tressaillit lorsque l'une des frêles silhouettes s'abîma dans le lac et se sentit curieusement étreint en ne la voyant pas reparaître.

Se confortant dans l'idée qu'elle avait dû émerger de l'autre côté des brumes, il reporta son attention sur les nefs. Certaines d'entre elles, opaques et blanches, préservaient la pudeur de leurs occupants. Mais plus nombreuses étaient celles dont la transparence exhibait des ébats amoureux curieusement agrandis par un effet de loupe.

Ange soupira. L'exhibitionnisme lui resterait à jamais étranger; peut-être tout simplement parce qu'il ne se sentait pas assez sûr de son corps.

Un hybride femme-poisson surgit de l'eau devant lui et lui proposa d'une voix douce sa compagnie. Il refusa l'invite avec une moue écœurée et le grylle, en plongeant, disparut à ses yeux.

Distrait par les coquilles, il ne s'était pas aperçu que le temps passait. Un coup d'œil à son chronord l'avertit que près de vingt minutes s'étaient écoulées depuis l'abandon de la fille. Elle devait être loin, désormais. Sa conduite était significative.

Tourmenté par cette révélation, Ange décida de rechercher quelques éclaircissements auprès de la direction des jardins. Au moment où il prenait cette décision, deux mains chaudes et un peu moites se collèrent sur ses yeux. Agacé, il se dégagea avec brutalité et découvrit avec stupéfaction la belle métisse qui, de retour, arborait un sourire à dévorer un astromobile.

– Je suis désolée d'avoir tant tardé, s'excusa-t-elle. Mon correspondant était en train de m'appeler lorsque je suis arrivée au standard. J'ai eu un mal fou à m'en débarrasser !

– Je ne t'attendais plus, répondit-il d'un ton rogue. J'allais partir à la recherche d'un contrôleur pour lui signaler ton incroyable conduite.

– S'il vous plaît, n'en faites rien ou je serai

renvoyée. Il nous est interdit de mécontenter un client.

Elle avait l'air vraiment angoissée et Ange se radoucit un peu. Incapable de contenir plus longtemps sa curiosité, il décida de l'interroger.

– Ton nom ?

– Marilys. Vous n'allez pas me dénoncer, Ser Costel ?

– Mais non. En tout cas, pas si tu réponds avec franchise à mes questions.

– Je dis toujours la vérité !

– Permets-moi d'émettre un doute, ma belle.

– Que voulez-vous savoir ?

– Te souviens-tu de m'avoir donné une coupe de cassamar, hier soir ?

– Bien sûr. Vous l'avez bue d'une traite, ça ne s'oublie pas !

– Peux-tu me raconter ce qui m'est arrivé ensuite ?

– Ce qui est arrivé ? Ce n'est pas étonnant ! Le cassamar, quand on est déjà complètement soûl... Oh, pardonnez-moi, Ser Costel !

– Ça va, je n'étais pas ivre au point de ne pas réaliser mon état. Alors ?

– Eh bien, ça ne pardonne pas. Vous vous êtes mis à rigoler comme un oiseau moqueur et j'ai juste eu le temps de vous retenir avant que vous ne rouliez sur le gazon.

– Et ensuite ?

– J'ai appelé un contrôleur et nous vous avons ramené à votre hôtel.

– Et je n'ai rien dit ?

– Des mots sans suite. Du charabia.

– Rien de compréhensible ?

– Non.

– Dis-moi, Marilys, ce contrôleur, il est dans les parages ? J'aimerais lui parler une minute.

— Ça tombe mal. Il n'est pas de service, aujourd'hui.

— Ah ! Justement aujourd'hui ?

— Et voilà, vous ne me croyez pas.

— Disons que je te croirais mieux si un deuxième témoin confirmait tes dires.

— Vous pouvez toujours le joindre chez lui.

— Où, bien sûr, je ne le trouverai pas.

— Ça ne coûte rien d'essayer. Il habite le Complexe et, à Bêta 3, les communications sont gratuites.

— D'accord. Donne-moi son numéro.

— Je vous accompagne. Il est aussi mal léché qu'un hibernant de Térem. Si je suis avec vous, il acceptera de répondre.

Vingt minutes plus tard, Ange n'était pas plus avancé. Le poste n'était pas libre et menaçait de ne l'être jamais. Marilys attendait avec calme et semblait très sûre d'elle.

A bout de patience, le biologiste était assailli de doutes. Toutes ces coïncidences ! Pouvait-il croire à la sincérité de cette fille ? Il n'avait guère de raisons de lui faire confiance. Pourtant il n'était pas décidé à abandonner son enquête avant d'avoir une certitude.

— Il a dû décrocher pour avoir la paix, finit par lui expliquer la jeune femme. Cela lui arrive souvent.

— Tu aurais pu le dire plus tôt !

— M'auriez-vous crue ? Sûrement pas. Vous vous seriez imaginé que j'inventais ça pour éviter la confrontation.

— Parce que tu te figures que je te crois, maintenant ?

— Sang du Christ ! Il faut vraiment que nous soyons vos esclaves pour accepter toutes vos insinuations !

— Sainte Marilys ! Vierge et martyre !

– Ça va ! Je ne tiens pas à ce que vous me fassiez des ennuis...

– Parce que, bien sûr, tu es pure comme l'agneau qui vient de naître !

– Il reste une possibilité, c'est d'aller directement chez lui. Il m'aime bien. Il est possible qu'il accepte de m'ouvrir.

– Et moi, là-dedans ?

– Vous rentrerez avec moi. Je ne vois pas l'intérêt d'accepter d'être reçue sans vous.

Après avoir payé très cher le droit de faire sortir l'hétaïre des jardins, Ange Costel traversa Bêta 3 et arrêta sa bulle de location devant l'un des immeubles ovoïdes dont les volumes criards encombraient la périphérie du Complexe.

Marilys appuya plusieurs fois sans succès sur la touche d'appel du contrôleur.

Lassé, Ange réintégra la bulle.

– Allez, on s'en va. Cette petite plaisanterie m'a coûté assez cher.

Il vit alors que l'hétaïre parlait dans l'intercom et bondit hors du véhicule.

– Merci beaucoup. On sera chez toi dans une minute, termina Marilys.

– Il n'y a pas d'image ? interrogea le biologiste en désignant du menton l'écran parcouru de crépitements colorés.

– Caméra en panne, je suppose. Allons-y en vitesse. Déjà qu'on le dérange. Pas la peine, en plus, de le faire attendre.

Sans sourciller ni s'étonner, Ange suivit l'hétaïre dans l'arcensceur. L'accélération du bolide le colla à son siège et l'arrêt le projeta en avant, si brutalement que la peur lui arracha un cri. Mais le coussin d'air s'interposa à temps pour empêcher son crâne de se fracasser contre la cloison de métal.

Les jambes flageolantes, Ange sortit de l'arcensceur pour être confronté au gouffre du puits de descente.

Marilys appela la plate-forme et Ange s'y engagea avec un soupir résigné. Reprendre le bolide pour boucler l'ellipse qui le ramènerait à son point de départ lui semblait au-dessus de ses forces.

72e étage. La plate-forme s'arrête en douceur, au grand soulagement du biologiste. La porte qui lui fait face s'ouvre dans un chuintement et Marilys le pousse fermement en avant. Il n'a même pas le temps de s'étonner de la nudité délabrée de la pièce. Sa tête explose au contact d'un objet lourd. Il glisse dans l'inconscience.

Lorsqu'il revient à lui, il doit cligner plusieurs fois des yeux avant de pouvoir discerner les contours des deux personnages qui lui font face. La rage lui fait refermer les paupières. Il s'est laissé manœuvrer comme un enfant.

Une gifle vient réveiller l'explosion sous son crâne et la douleur s'accompagne de son corollaire habituel : la terreur. Ligoté sur une chaise et, autant qu'il puisse en juger, entièrement déshabillé, il se trouve dans une position des plus précaires.

Avec brutalité, l'image du corps de Joris constellé d'ecchymoses s'interpose dans son champ de vision, aussi nette que si le cadavre se trouvait vraiment là, en suspension entre sol et plafond.

Les mille poinçons de la décharge d'adrénaline s'abattent furieusement sur Ange. Lorsque la terrible apparition s'évanouit, elle est remplacée par les visages flous des deux agresseurs. Impasse totale. Il doit se mordre les lèvres pour ne pas gémir d'impuissance. Ses pastilles de résine ne lui seront d'aucun secours puisqu'il ne peut les atteindre.

Une nouvelle gifle confirme sa peur. Celui qui le frappe est prêt à toutes les violences.

– Doucement, Domino, intervient la voix de Marilys. Il sera toujours temps de recourir à la manière forte s'il résiste à tous nos arguments. Ser Costel, m'entendez-vous ?

– Que voulez-vous ? réussit-il à croasser.

– Comme si tu ne le savais pas, gros lard ! répond « Domino ». Et ouvre les yeux quand on te cause, sinon je cogne.

Au prix d'un effort pénible, Ange réussit à écarquiller les paupières et constate avec soulagement le retour à la normale de ses perceptions visuelles. « Domino » – qu'il voit nettement, désormais – porte une cagoule brune et son visage est recouvert par un biomasque neutre qui en livre toutes les expressions sans en trahir les traits.

Avec un frémissement d'espoir, Ange se redresse sur sa chaise. Dissimule-t-on son identité lorsqu'on a l'intention de tuer sa victime ?

– Voilà. C'est beaucoup mieux. On va te libérer très vite, tu sais. Dès que tu nous auras appris la formule de l'immortalité.

– Vous êtes complètement fous ! L'immortalité ! Tout le monde sait que ça n'existe pas !

– Ne joue pas au plus fin avec nous. Ce qu'on veut, c'est le secret de la longévité oï-tîkienne. On sait que tu es arrivé à l'appliquer aux humains. Après toutes ces années de recherches, d'ailleurs, c'est pas malheureux.

– Vous vous trompez. Je n'ai pas avancé d'un iota. Si vous ne me croyez pas, testez-moi au sérum de vérité.

– Ça, mon joli, on a essayé hier.

– Je m'en doutais. Et alors ?

– Le néant.

– Vous voyez bien !
– Justement, je vois bien.
– Je ne comprends pas.
– Tu vas comprendre. Ce n'est pas la première fois qu'on te teste au sérum. Les autres fois, tu te répandais en discours sur tes recherches, tes espoirs, tes déceptions, Bon Dieu, une véritable logorrhée ! Hier, rien. Rien de rien. Pas un mot de tout ça. Le blocage ou je ne m'y connais pas. De quoi abuser un vidame mais pas un vieux renard comme moi. Si tu ne t'étais pas bricolé une barrière psy, on aurait eu droit au déluge habituel. Au lieu de quoi, la sécheresse, le désert... Pour moi, ça ne pouvait signifier qu'une chose : coup au but. Tu as réussi.
– Vous vous trompez complètement. Enfin presque. Le blocage existe, mais je l'ai constitué à cause de la mort de mon meilleur ami, Joris Ibère. Il a été torturé à cause de moi et je ne voulais pas offrir à d'éventuels agresseurs la possibilité de me faire parler trop facilement. Avant la mort de Joris, jamais je n'aurais cru que mes recherches déclencheraient tant de violence.
– Ton petit laïus n'est pas convaincant. Tant pis pour toi, on va passer à la phase deux. Lyse, passe-moi le matériel !
Lyse-Marilys contourne la chaise sur laquelle Ange est lié et reparaît avec une seringue remplie d'un liquide incolore. « Domino » la tapote pour en chasser les bulles et, d'une légère pression sur le piston, fait sourdre une goutte qu'il laisse tomber sur le ventre nu de son prisonnier.
– Tu vois ça, pépère ? C'est du sérum Tabucci. Je suis sûr que tu sais ce que ça va te faire. Si tu as trouvé le moyen d'arrêter de vieillir, on ne va pas tarder à être fixés.
Tout en parlant, il a dégagé le bras gauche du biologiste et ligaturé le biceps.

– Non ! hurle Ange au moment où l'aiguille va perforer sa veine.

Ses yeux sont agrandis par l'horreur et il halète aussi fort qu'un pique-chien des marais.

– Ton bluff a échoué, Domino, constate Marilys.

– Alors ? A ton avis, c'est un excellent comédien ou sa peur est réelle ?

L'hétaïre hausse les épaules. Comme son compagnon, elle dévisage le biologiste avec perplexité.

Celui-ci aurait fait un très mauvais comédien. Il n'a jamais su se composer un personnage ni déguiser ses sentiments. Son visage reflète toujours exactement ses émotions. C'est ce qui vient de se passer. Son instinct, ses réflexes, ne sont pas encore persuadés que son corps est devenu immortel.

Ange n'a pas eu le temps de réfléchir, autrement il se serait trahi. Pour cette fois, il peut bénir l'impatience et la brutalité de son geôlier... dont la main indécise exhibe toujours la seringue. Ange remarque le léger voile en suspension dans le liquide transparent.

– Ce n'est pas du sérum Tabucci, observe-t-il avec satisfaction.

– Tu as raison, gros lard, mais tu n'es pas tiré d'affaire pour autant. Ce qu'il y a dans cette seringue, – et là, tu peux me croire, tu vas bientôt en sentir les effets –, c'est un hyperesthésiant. Je ne vais pas avoir besoin de cogner très fort pour te faire hurler de douleur. D'ailleurs, j'ai prévu des raffinements plus subtils. Je ne manque pas d'imagination.

Ange blêmit. C'est exactement ce qu'il a toujours craint. La sensibilité de ses terminaisons nerveuses va se trouver tellement multipliée qu'il ne pourra plus supporter le moindre contact. Difficile de ne pas avouer n'importe quoi, dans ces conditions.

– Est-ce vraiment nécessaire? interroge Marilys.

– Parce que toi, tu crois à son baratin!

– Qu'il dise la vérité ou pas, je ne veux pas voir ça. Lorsque tu en auras fini avec lui, si tu as besoin de moi, appelle au Jardin. J'y retourne. Pour le moment, c'est ma meilleure couverture. Si tu libères cette loque, je me recyclerai.

Et Marilys contourne Ange pour sortir.

Le déclic caractéristique de la serrure magnétique est suivi d'un brouhaha confus et la jeune femme réintègre la pièce, sous la poigne d'un homme en uniforme de la Police civile qui lui tord le bras si fort qu'elle est contrainte de marcher sur la pointe des pieds.

Cerné par plusieurs PC armés, « Domino » lève les bras, – le droit toujours armé de la seringue. Le vidame qui commande la petite troupe s'avance vers lui et lui arrache masque et cagoule.

– Pensais-tu vraiment pouvoir nous doubler, Domino? lance-t-il sur un ton sarcastique. Nous n'avons jamais cessé de te surveiller. Lorsque tu as loué ce studio, tout à l'heure, nous avions parié entre nous sur son utilisation. Dois-je te dire que j'ai gagné contre ceux de mes hommes qui misaient sur ta fidélité? Mais, au fait, si j'en crois le stéthoscope que nous avions collé à ta porte, cette seringue que tu tiens si triomphalement produit sur tous les sens des effets on ne peut plus intéressants, n'est-ce pas? Cela tombe bien, mes hommes ont justement une revanche à prendre.

Le vidame a saisi la seringue et joue négligemment avec. Une moue de mépris rétrécit ses lèvres peintes en noir. Il se tourne vers le groupe des gardes.

– Eh bien, qu'attendez-vous ? Déshabillez-le et rhabillez l'autre !

– Et la pute, on en fait quoi ?

– Rien pour le moment.

Atterré par le cynisme du vidame, Ange, sitôt libéré, enfile ses vêtements en hâte.

De l'autre côté de la pièce, l'ex-tortionnaire exhale un cri sourd : le contenu de la seringue se répand dans ses veines. Ange n'en éprouve aucune satisfaction. Une question le tourmente : le vidame et sa troupe sont-ils des libérateurs ou de nouveaux geôliers ?

Il décide que la réponse n'a, somme toute, aucune importance et se met à opérer un prudent mouvement de retraite vers la porte restée ouverte. Libérateurs, les PC ne verront pas d'inconvénient à sa discrète disparition. Geôliers, il ne faut pas leur laisser le loisir de s'opposer à son évasion.

Il a presque atteint la porte lorsque Marilys remarque son manège. Les yeux noirs en amande croisent le regard vert qu'arrondit une supplication muette, puis se détournent. L'hétaïre ne donnera pas l'alarme.

Le cœur battant, Ange franchit le seuil fatidique. Les cris du supplicié ponctués par les rires des PC couvrent le bourdonnement de la plateforme. Quelques instants après, Ange soupire de soulagement en découvrant l'absence de gardes autour de sa bulle.

Sans égard pour la limitation de vitesse diurne, il fonce jusqu'à son hôtel, ne se risque pas à monter récupérer ses affaires et se rue jusqu'au parking où l'attend Bellérophon, son aérodyne.

Lorsqu'il eut mis trois mille kilomètres entre Southern City et son véhicule, Ange commença à respirer plus librement. Mais quelques minutes de réflexion achevèrent de le décourager.

Bâtie comme un bastion, sa propriété pouvait supporter le déchaînement des éléments et les assauts de petits groupes armés, mais face aux forces du primat, elle n'avait pas la plus petite chance de résister. Et c'était désormais une certitude, le Singe s'intéressait de bien trop près à la découverte du secret de la longévité oï-tîkienne. Ses espions du Jardin lui avaient appris les divagations alcooliques du biologiste et il les avait prises au sérieux. Plusieurs narco-analyses l'avaient persuadé du bien-fondé de la recherche entreprise. Et, dernièrement, l'interrogatoire de Joris lui avait appris l'imminence des premiers résultats.

Et maintenant, que faire? Comment lutter contre la principale autorité de Dante?

... A moins que le primat n'agisse pour son propre compte? Dans ce cas, il restait un espoir : Son Eminence Justin Cryptobare, le légat de Dante. L'ambassadeur du Saint-Siège ne serait sans doute pas mêlé à une histoire aussi compromettante.

Pourtant... L'immortalité... Ou presque... Un tel enjeu n'appelait-il pas les pires compromissions?

Qu'importe, il fallait essayer! Au pire, Ange parviendrait peut-être à négocier. Plus aisément, sans doute, qu'avec le Singe.

9

En découvrant la pyropole dont Béni était originaire, Jordane eut le souffle coupé. Joris lui avait maintes fois dépeint les cités oï-tîkiennes mais, malgré les hologrammes, elle s'était toujours imaginé qu'il exagérait. Elle ne s'attendait à rien de comparable et regrettait d'avoir refusé à son père de l'accompagner lors de ses visites au peuple de Dante.

Identique à toutes ses sœurs oï-tîkiennes, la pyropole était nichée sur le flanc sud d'un volcan et s'étageait en une succession de terrasses hémicirculaires séparées par de courtes dénivelées. Tous les éléments des inlassables descriptions du linguiste concordaient. Le geyser dont un large bassin recueillait les eaux au milieu de la place centrale offrait ses délices à une ribambelle de jeunes sauriens. Tout en haut de la ville, à ses extrêmes ouest et est, les deux fontaines de lave cascadaient à l'air libre, avant d'être canalisées pour retourner au magma dont elles étaient issues.

Très impressionnée par ce fluide brûlant qui semblait s'épancher en liberté, Jordane restait figée sur place. Elle se sentait abandonnée et n'était qu'à demi rassurée.

Non loin d'elle, un attroupement s'était formé autour de la carcasse du kâ-âalkâ-kâa et de son vainqueur, lequel racontait ses aventures avec animation et force mimes.

Pour lutter contre sa sensation d'exclusion qu'aggravaient les regards inquisiteurs qu'on ne cessait de lui jeter, Jordane se remit à faire l'inventaire de son environnement.

Les bâtisses étaient alignées avec symétrie. Un décalage systématique préservait la vue sur les lointains pour chacune d'entre elles. Certaines étaient polies comme du verre et brillaient avec éclat mais la plupart alternaient surfaces lisses et matière brute dans des agencements apparemment anarchiques mais où l'on décelait, avec un peu d'attention, des harmoniques subtiles.

Joris avait expliqué à sa fille l'étonnante architectonique oï-tîkienne : lorsque les sauriens construisaient une maison, ils créaient un moule avec d'immenses plaques de sidéroïde, un métal traité pour devenir thermorésistant, et ils coulaient dedans de la lave en fusion, amenée de la fontaine la plus proche jusqu'au chantier par des canaux de dérivation.

Joris, qui avait eu le privilège d'assister à l'édification d'une de ces demeures, les avait baptisées « vulcanes ». Il se plaisait à répéter que les sculpteurs de l'antiquité romaine s'étaient fourvoyés car le dieu du feu, Vulcain, ne pouvait avoir d'autres traits que ceux des Oï-Tîkî.

Ovoïdes, les vulcanes comportaient une unique baie ouverte au sud et fermée par un verre épais. Dévorée de curiosité, Jordane ne put résister au désir de vérifier les dires de son père. La porte de la maison la plus proche était ouverte et en quelques pas, la jeune fille fut à l'intérieur et s'approcha de la fenêtre.

C'était stupéfiant. Le verre optique décuplait l'acuité de la vision, mais, curieusement, cette propriété ne concernait que les lointains. Les sauriens qui passaient à proximité ne bénéficiaient pas de cet effet de loupe. Au contraire, une légère déformation leur donnait des contours un peu flous.

— Une maison hypermétrope, on aura tout vu ! murmura-t-elle avec une grimace amusée.

Elle examina avec un peu de mépris les lieux frustes qui l'entouraient. Des niches s'ouvraient dans les murs, remplies d'objets hétéroclites, mais la pièce était nue. Intriguée par un panneau qui ressemblait à un tableau de commande, Jordane s'en approcha et s'enhardit jusqu'à effleurer l'un des dessins en relief.

Un instant plus tard, elle quittait le sol, ballottée par une trombe d'air tiède, piquant du nez vers le sol de lave vitreuse avec une violence qui lui faisait craindre de s'y fracasser, remontant de façon incompréhensible vers les courbures hérissées de stalactites – décoratives ? – du plafond et, au moment où il lui semblait qu'elle allait s'y ficher, roulant à nouveau vers le bas dans un mouvement de bascule incontrôlable qui ne tarda pas à lui donner la nausée.

Incapable de réussir à s'approcher suffisamment du tableau de commande et ne pouvant endurer plus longtemps ce supplice pire qu'une succession de départs et d'arrêts dans un arcenseur déréglé, Jordane se résigna à appeler Béni.

Peu après, une horde de sauriens dont les mains griffues masquaient les bouches tonitruantes venaient ajouter l'enfer de leurs rires à son supplice.

Sur le point de vomir, elle se mit à hurler :

– Béni, arrête ça, je vais être malade ! (Et comme l'Oï-Tîkî tardait à passer à l'action, elle ajouta :) Rappelle-toi le kâ-âalkâ-kâa !

Ce fut comme si elle avait appuyé sur la touche d'activation d'un robot. Le mot magique fut accompagné – plutôt que suivi – d'une interruption immédiate de la trombe et le saurien poussa la grâce jusqu'à aider son maître-chanteur à retomber sur ses pieds.

– Oh là là ! gémit Jordane en se cramponnant le ventre dans l'espoir de l'empêcher de lui faire subir à son tour une lâche trahison. Vous avez une drôle de conception des massages !

– Massages ? Nos lits ne sont pas faits pour masser ! Nous ne les utilisons que pour nous reposer ou dormir.

– Ça ! Un lit ! Je défie quiconque de s'endormir entre deux galipettes !

– Les turbulences, tu les as provoquées en t'agitant comme un mâl-ar' en rut.

— Merci pour la comparaison ! Je ne pensais pas me donner en spectacle à ce point ! Crois-moi, cela ne se reproduira pas de sitôt. Plutôt coucher par terre.

— Fur-ass' ! Laisse-moi finir. En principe, on peut bouger comme on veut sur le coussin d'air, mais il faut que le lit soit réglé pour ton poids. C'était loin d'être le cas, tu pèses sûrement deux fois moins lourd que la plupart d'entre nous.

— Je suppose que tu ne parles pas pour toi, petit lézard ?

— D'abord, je ne suis pas plus petit que toi. Et je n'ai pas terminé ma croissance. Ensuite, cesse de me traiter de lézard. C'est très désagréable de s'entendre comparer à une branche idiote de son lignage.

— Si la comparaison t'était agréable, je ne vois pas où serait le plaisir...

— Mais cela ne me fait pas du tout plaisir !

— Je parlais de mon propre plaisir, lézard stupide !

— Jor-ân' !

— Oui, lézard ?

— Par le sang !

— Et que devient ce cher kâ-âalkâ-kâa ?

La dextre griffue du saurien s'immobilisa à trois doigts du visage de Jordane. Le mot magique était intervenu juste à temps. La corne de Béni vira du rouge au violacé tandis que la main menaçante retombait mollement. Jordane admira le contrôle du jeune saurien. Pas de sécrétions ni de mutation colorée. Maîtrise absolue des glandes sudoripares et des chromatophores... Sans sa corne, rien n'aurait trahi sa difficulté à dominer sa colère. Il devait avoir hâte d'en subir l'amputation.

— Les anciens ont demandé à nous voir, dit-il

très vite, comme pour couper court à tout développement sur le sujet tabou.

– Ah bon ? Ce n'étaient pas eux, tout à l'heure, autour de toi ?

– Bien sûr que non. Ceux que tu as vus ont certes achevé leur croissance, mais ce sont des jeunes. Ils sont encore au nid. Leur apprentissage n'est pas fini. Les vrais adultes sont en chasse. Quant aux anciens, ils se chauffent dans le cirque solaire. C'est le meilleur moment de la journée.

– Et quand le ciel se transforme en matelas de cendres, comment font-ils pour réchauffer leurs vieux os ?

– C'est rare. Nous avons presque toujours du soleil.

– J'oubliais que vous êtes du bon côté des vents dominants.

– Eh oui ! Pourquoi crois-tu qu'il n'y a pas une seule de nos cités dans l'hémisphère Sud ?

– Pour qu'il y ait pyropole, il faut qu'il y ait volcan, non ? Vous seriez... Vous seriez... *Bon sang, il n'y a pas d'équivalent pour fou, en oïtîkien ? C'est vrai que ces foutus sauriens ne semblent pas souffrir de psychoses, à moins qu'ils ne soient éliminés avant de devenir par trop bizarres...*

– Jor-ân', si tu cessais de marmonner ? Je ne comprends rien à ce que tu racontes !

– Je disais que vous seriez vraiment stupides de vous coller le dos à un volcan en activité.

– Parce que tu t'imagines que celui-là ne l'est pas ?

– Tu ne me feras pas croire ça. Mon père m'a appris que vos cités sont millénaires.

– Et alors ?

– Si des éruptions ne les ont pas détruites, cela prouve que les volcans auxquels elles s'adossent ne sont plus en activité, non ?

– Non ! Aucun des volcans de Tîkî n'est dans ce cas. L'absence d'éruptions est uniquement le signe de notre contrôle. D'où penses-tu que vient notre énergie ?

– De la géothermie, je le savais.

– Mais tu ignorais que nos anciens maîtrisent toutes les manifestations volcaniques ?

– Je l'avoue. C'est très impressionnant.

– N'est-ce pas ? Un jour, moi aussi, je saurai comment jouer avec le magma de Tîkî.

– Jouer ? Je vois mal comment on peut jouer avec ce genre de forces !

– Ah ! Les mammifères ! Incapables de voir plus loin que leurs yeux ! Mais ça ne fait rien. Demain, nous fêtons le solstice. Tu verras le magma couler dans le Champmol. En attendant, allons retrouver les anciens.

Jordane prit un air buté. Elle avait envie de se faire prier. Mais le saurien s'éloigna sans l'attendre et elle se dépêcha de le suivre. Elle ne se sentait pas d'humeur à subir seule la curiosité avide de ces « jeunes » lézards géants.

Elle escalada les larges gradins coulés jadis d'un seul tenant. Leur surface d'un beau vert sombre parcouru de petits filons fibreux était polie par l'usure. Çà et là, des fissures sans doute colmatées par des apports de lave, s'étaient transformées en signes cabalistiques d'un vert plus clair. Dans les plus récentes, des thallophytes poussaient, étirant vers la lumière leurs minuscules crinières blanches.

Sur la terrasse supérieure, d'immenses orgues de basalte, sombres gardiennes de la cité, bornaient tout l'hémicycle. Chose étrange, elles semblaient s'être formées là après que l'on eut taillé la montagne. Un demi-cercle aussi parfait pouvait-il avoir une origine naturelle ? Et dans ce cas, les Oï-Tîkî avaient-ils réellement commandé l'écoulement de la roche en fusion? Jordane hocha la tête avec scepticisme. Et pourquoi pas la viscosité de la lave et le ralentissement de son refroidissement, à ce compte-là? Autant croire que pour obtenir cet effet somptueux de pilastres, les sauriens se contentaient d'ouvrir un robinet! Il faudrait leur suggérer d'en régler le flux pour créer une génération spontanée d'atlantes tout sculptés...

– Viens-tu? lui cria Béni. Tu regarderas tout ça lorsque nous aurons vu les anciens.

La jeune fille le rejoignit et ils s'engagèrent sur un large chemin dallé qui contournait la montagne. En passant sous la cascade de lave, Jordane hâta le pas, provoquant les moqueries du saurien.

– Comment, s'exclama-t-il, tu ne t'attardes pas pour contempler le chantefeu?

– Hurlefeu serait un qualificatif plus indiqué, tu ne crois pas?

– Que dis-tu?

– Qu'il y a de quoi devenir sourd et que ce n'est pas étonnant que tu le sois!

Béni haussa les épaules. Il avait parfaitement intégré la signification de cette mimique humaine et s'en servait chaque fois qu'il tenait à montrer sa désapprobation.

Jordane le savait susceptible et adorait l'aiguillonner. Elle fit pourtant amende honorable – très brièvement – car la médiocrité de l'audition était un caractère génétique oï-tîkien et ne devait rien à la fréquentation des feux de l'enfer. D'après Joris, les sauriens compensaient d'ailleurs très bien cette légère déficience par une hypersensibilité aux vibrations.

De l'autre côté du « chantefeu », la montagne formait un angle protecteur derrière lequel Jordane découvrit avec stupéfaction un nouvel hémicycle, taillé dans la roche pour une exposition plein sud. Ici aussi, la lave avait coulé. Elle s'était solidifiée en blocs prismatiques et vitreux séparés les uns des autres par de larges crevasses et dont les surfaces planes luisaient autant que des miroirs.

Tout était noir, brûlant, étincelant et un peu trouble. L'air vibrant semblait fumer. La chaleur était torride. Et pourtant, presque toutes les dalles étaient occupées par un Oï-Tîkî.

– Lézards ! souffla Jordane, trop bas pour les anciens mais pas assez pour Béni dont la corne rosit.

– Tu m'as promis ! murmura-t-il en lui coulant un regard inquiet.

– Et je tiendrai ma promesse, susurra-t-elle.

Le saurien avança au centre de l'hémicycle et Jordane vit à la coloration persistante de son excroissance qu'il n'était qu'à demi rassuré.

Le laissant s'expliquer seul avec ses pairs, trop accablée par la chaleur pour faire l'effort de suivre son récit, elle se laissa tomber sur la dalle la plus proche... et se releva d'un bond, serrant sa main brûlée en gémissant de douleur. La pierre était bouillante, elle aurait dû s'en douter. Comment diable ces lézards pouvaient-ils supporter la cuisson de ce four solaire ?

Ecœurée, elle faisait demi-tour pour retourner à la pyropole lorsque Béni l'appela, lui demandant de venir le rejoindre.

Il y avait un peu d'air au milieu du cirque et l'acoustique en était parfaite. Soulagée de ne pas avoir à crier pour se faire entendre, Jordane se sentit un peu mieux et répondit avec aisance aux questions des anciens. Elle en décela les pièges à temps pour pouvoir les déjouer et réussit à ne pas trahir Béni. Après quoi, elle consentit à apprendre aux sauriens tout ce qu'ils désiraient savoir sur sa propre personne, sur Ange et Joris et sur les humains en général.

Aucune de leurs demandes ne l'avait déroutée. Mais lorsqu'ils la prièrent de se déshabiller, elle demeura sans voix, la bouche béant d'étonnement.

– Tu n'enlèves pas ta deuxième peau? s'étonna Béni qui s'était nonchalamment étendu à ses pieds.

– Mais pourquoi?

– C'est évident, non? Ils veulent voir à quoi ressemble un humain. Les hologrammes ne les montrent jamais sans leurs peaux supplémentaires.

– Je ne vais tout de même pas me mettre à poil devant une assemblée de lézards!

– A poil? Et où ils sont tes poils? Ta crinière, on la voit déjà, alors?

– C'est une expression. Ça veut dire « nu ». Chez les humains, c'est *indécent* de se dénuder en public.

– Qu'est-ce que c'est « un-ness'an »?

– Ça veut dire que ça ne se fait pas. Remarque, c'est comme trahir ses promesses, il y en a qui le font quand même...

– Mais tu t'es bien déshabillée, devant moi.

– C'était pour me laver; et puis tu étais tout seul.

– Fais comme ça, alors.

– Comme quoi?

– Comme si tu te lavais et que j'étais tout seul.

– Après tout, tu as raison. Je ne vais pas faire de manières pour des lézards.

Et d'une main décidée, Jordane démagnétisa sa combinaison et la roula sur ses bottes. Elle n'avait pas l'intention de la retirer complètement.

Il lui aurait fallu se déchausser et il était hors de question de réaffronter l'obsidienne brûlante. Elle ne tenait pas à se faire carboniser la plante des pieds.

Des exclamations variées – surprise, approbation, amusement – avaient ponctué son sommaire strip-tease. Lorsque les sauriens lui demandèrent de tourner sur elle-même, elle éclata franchement de rire et s'exécuta de bonne grâce. La situation prenait un tour pour le moins comique.

Elle finit tout de même par lasser leur curiosité et put se rhabiller. Le stretch isotherme collait à sa peau moite et elle se prit à regretter d'être assez stupide pour s'infliger le port d'un vêtement dans une congrégation de nudistes.

Un peu plus tard, de retour sur la place centrale, elle regardait avec envie Béni s'ébattre avec les siens dans les vapeurs du geyser.

Ruisselant, le saurien s'approcha d'elle.

– Pourquoi restes-tu là? Viens avec nous. C'est très agréable, ça rafraîchit.

– Ça rafraîchit? Un geyser? Tu as une conception étrange du refroidissement! Je ne suis pas un lézard, moi, je ne tiens pas à m'ébouillanter. Les dalles de votre cirque solaire, moi, elles me brûlent!

– Les dalles sont chaudes, c'est vrai. Seuls les anciens peuvent y rester longtemps sans risque. L'épiderme des jeunes n'est pas assez épais, leurs mues sont trop fréquentes. Mais le geyser est froid. D'ailleurs, tu n'as qu'à me toucher, tu verras bien.

Jordane constata avec étonnement que la peau du saurien était fraîche.

– Je n'y comprends rien, admit-elle. Un geyser, c'est bien de l'eau et de la vapeur sous pression, non ? Et pour qu'il y ait vaporisation, il faut bien que l'eau soit bouillante ?

– Certes, mais avant de jaillir sur la place, le geyser est passé dans tellement de circuits énergènes que presque toute sa chaleur a été utilisée.

La soupape d'une gigantesque chaudière... Jordane se rappelait avoir prêté une oreille distraite aux explications techniques de Joris, à ce sujet.

– Remarque, si tu préfères l'eau chaude, tu peux te rendre aux étuves.

– Merci ! J'imagine quelle doit y être la température !

Et Jordane s'approcha prudemment du geyser.

Rien d'autre qu'une sorte de gros jet d'eau, en définitive. Lorsqu'elle atteignit le brouillard dense des gouttelettes, elle en estima la température à vingt degrés Celsius. Quelques instants plus tard, elle se déshabillait entièrement et s'offrait avec délices à la bruine que le soleil irisait.

Inconsciente de la présence pourtant bruyante des sauriens, elle se frottait doucement le corps, les yeux clos, lorsque des rires particulièrement nombreux et assourdissants la tirèrent de son état de grâce.

Les Oï-Tîkî s'étranglaient de joie devant l'un d'entre eux dont l'épiderme écailleux avait viré au rouge vif.

– Qu'est-ce qu'il a ? demanda la jeune fille. Il a cuit trop longtemps ? On dirait un crabe de terre ébouillanté.

– Tu ne vas pas me croire, hoqueta Béni entre deux quintes. L'idée de s'accoupler avec toi n'est pas étrangère à son état !

– Ce n'est pas vrai ! Tu te moques de moi !

– Non. Mais ne t'inquiète pas. Tu n'es pas une femelle comme les autres. Il ne te couvrira pas sans ton consentement.

– Eh ! Je ne suis pas un lézard, ne l'oublie pas !

— Ça, je ne risque pas de l'oublier !

Partagée entre son envie de rire et une légitime inquiétude, Jordane renfila sa combinaison trempée.

Elle n'aurait jamais cru que son corps pût intéresser un saurien. Il lui était encore plus facile de s'imaginer empalée sur une broche que sur le membre reproducteur d'un Oï-Tîkî. Elle se fit la réflexion qu'à tout prendre, elle préférait être violée que mangée et réussit à reprendre contenance. Rien de tel que de penser au pire pour se remonter le moral.

A ce point de ses réflexions, un Oï-Tîkî sortit d'une des grandes demeures qui jouxtaient la place, s'approcha du petit groupe et, en quelques coups de griffes, lacéra le visage de son congénère concupiscent. Après quoi il s'éloigna, suivi par sa victime dont la queue traînait dans la poussière et dont la rougeur s'estompait par plaques.

— Le pauvre, compatit Jordane avec un rien de suffisance. Est-il au bout de ses peines ?

— Non. Il va subir un isolement de plusieurs jours.

— Tout ça, à cause de moi !

— Mais non, lui lança Béni avec un regard narquois. Tu n'as rien à voir là-dedans. Bâl-aâ-ïï n'est pas puni pour t'avoir convoitée mais parce qu'il a perdu son contrôle en public.

— Voilà qui me rassure ! s'exclama la jeune fille avec amertume. Si je comprends bien, n'importe quel lézard peut s'accoupler avec moi dans un coin sans que personne n'y voie d'inconvénient ?

— Bien sûr. Il lui suffit de faire preuve de discrétion.

— Charmant... Et cet Oï-Tîkî qui est intervenu ne me défendrait pas ?

– Cette femelle ? Sûrement pas. Je crois même que ça l'amuserait.

– Une femelle ? C'était une femelle ?

– Mais oui : ce sont elles qui sont chargées de l'apprentissage des jeunes.

– Ah bon ? Et les anciens, que font-ils ? Ils se prélassent toute la journée ?

– Ils n'éduquent les jeunes qu'après l'initiation.

– Vu le tout petit nombre qui réussit à en passer le cap, j'imagine que ça ne doit pas trop dévorer leur énergie ! Et la pyropole, c'est...

– Tiens ? Qu'est-ce que c'est que ça ? l'interrompit le saurien qui regardait le ciel, droit devant lui.

Jordane mit sa main en visière pour se protéger du soleil. Elle se flattait d'avoir une bonne vue mais en l'occurrence, celle-ci ne lui fut d'aucun secours.

– Tu as une façon bien à toi de détourner les conversations, soupira-t-elle.

– Mais enfin, regarde ! Le point brillant, au sud-ouest. Il grossit pourtant assez vite !

A force d'attention, Jordane finit par distinguer un point minuscule.

– Ça y est, je le vois, convint-elle avec mauvaise grâce. C'est un aérodyne. Et alors ?

– Et alors, s'il garde son cap, il va atterrir ici.

Le véhicule grandissait à une allure vertigineuse. Lorsqu'il surplomba la pyropole, basculant pour se mettre en position d'atterrissage, Béni triompha sans modestie.

– Mais c'est Bellérophon ! s'exclama Jordane. Ange ne m'aura pas laissée profiter longtemps de ma liberté ! Je me demande comment il a pris ma fugue.

– Fug' ? interrogea Béni.

– Ça n'existe pas chez les lézards, expliqua-t-elle avec agacement.

Ange avait choisi de poser Bellérophon sur la terrasse la plus basse, laquelle semblait avoir été construite tout exprès pour ce genre de circonstance.

Jordane se demanda s'il valait mieux aller accueillir son tuteur ou s'il était préférable de retarder le moment de la confrontation. Elle décida d'être logique et de cesser de tergiverser. Béni la suivit tandis qu'elle descendait à la rencontre d'Ange et elle résista à la tentation de le rembarrer. Après tout, peut-être la présence du saurien lui servirait-elle à détourner l'attention du biologiste ? Cette idée la fit sourire. Elle réalisait brusquement qu'elle n'aurait plus jamais à subir la violence de son père. Ange était doux, voire mou... Elle le manipulerait à sa guise.

Lorsqu'elle parvint à l'aire d'atterrissage, Ange descendait de son véhicule. Elle s'était habituée à forcer les moindres expressions des sauriens pour tenter de les déchiffrer et elle s'aperçut tout de suite de la fébrilité anormale de son tuteur.

Béni avait raison, les visages humains se lisaient comme des hologrammes... et l'émotion déferlante qui noyait celui-là n'augurait rien de bon.

Elle se prépara au pire... et rien. Rien de rien. Rien qui la concernât. Les mains d'Ange tremblaient mais ce n'était pas à cause d'elle. Perdue dans une histoire confuse où les grands mots abondaient, Jordane se demanda si elle rêvait. Il était question de vie et de mort, de torture, d'évasion, d'immortalité, de l'ambassadeur du Saint-Siège, du Singe immonde qui gouvernait Dante, d'une gloire bien méritée, un vrai déluge verbal dont la jeune fille ne comprenait pas le premier mot. Elle avait simplement la certitude que sa propre évasion n'interférait pas dans ce discours confus. Elle aurait dû en être soulagée mais cela commençait à l'angoisser. Ange eût-il donné l'impression d'être devenu fou, elle aurait peut-être su quoi faire, mais face à ces manifestations de peur panique, elle se sentait désarmée.

Elle finit pourtant par démêler l'écheveau embrouillé de l'histoire et à en dévider le fil jusqu'à la fin. Il lui fallut encore un moment pour en comprendre toutes les implications et passer de la stupeur à la consternation. L'idée que Béni pouvait avoir saisi le sens de leur conversation la fit frémir mais le saurien ne connaissait que sa propre langue et, lassé de les écouter s'exprimer en standard, il s'était affalé sur l'un des gradins et contemplait l'horizon d'un œil vague.

Jordane éprouva un petit pincement intérieur en contemplant tant de nonchalance gracieuse. L'idée que l'avenir de Béni était peut-être menacé lui fut soudain insupportable et elle se mit à injurier le biologiste.

– Sale petit ver de terre raciste, dit-elle d'une voix que la colère éraillait, tu ne penses qu'à sauver ta misérable peau, mais eux, là-dedans ? Les Oï-Tîkî ? Tu y as pensé, ne serait-ce qu'une minute ? A ton avis, que va-t-il leur arriver quand le monde entier apprendra que leur bile fabrique l'éternité ? Tu crois qu'ils se laisseront charcuter en murmurant : ainsi soit-il ?

– Tu ne comprends pas, l'interrompit Ange avec lassitude. L'opération les soulage et ne diminue en rien leur espérance de vie.

– Je ne vois pas comment tu as trouvé le temps matériel de vérifier cette assertion !

– J'ai fait des expériences avec le sérum Tabucci.

– Admettons. Mais ça ne change rien à l'affaire. Les Oï-Tîkî ne sont que trente millions. Comment vas-tu fournir de l'immortalité aux trente milliards d'humains qui peuplent l'Œcumène ?

– Mais... Le problème ne se pose pas dans ces termes...

– Ah oui ? Et dans quels termes, alors ? Tu pensais pouvoir vendre l'immortalité à quelques privilégiés en en frustrant le reste de l'humanité ? BON DIEU, ANGE ! C'est une révolution que tu déclencherais... que tu déclencheras, puisque tu ne pourras pas fournir. Et pas un Oï-Tîkî n'y survivra.

– Tu dramatises tout ! Pour le moment, seuls le Singe et le légat sont au courant.

– Et les PC ?

– Je ne crois pas qu'ils aient compris l'enjeu.

– Ce sont des brutes mais ils ne sont pas écervelés, tout de même !

– Si, justement. Tous les PC de Dante ont subi une intervention au cerveau. Je l'ai appris par le Professeur Pique qui voulait dénoncer la chose au Topcontrôle de la Terre mais il n'en a pas eu le temps. Le primat l'a fait assassiner. D'une façon assez atroce, d'après les bruits qui ont couru. Le Singe laisse toujours filtrer suffisamment d'informations pour renforcer son pouvoir.

– Est-ce que quelqu'un d'autre que toi connaît la formule de ton sérum ?

– Non.

– Que savent-ils au juste ?

– Ils ont la certitude que mes recherches ont abouti mais ils n'ont aucun moyen d'apprendre que j'ai trouvé l'application de la longévité pour les humains dans le corps même des Oï-Tîkî.

– A ta place, je me suiciderais.

– Quoi ?

– Tu n'as guère de chances d'échapper au primat. S'il te fait prisonnier, crois-tu pouvoir résister longtemps à certains raffinements... physiologiques ?

– Il sera toujours temps de me suicider à ce moment-là. J'ai ce qu'il faut pour ça.

Ange tapait la poche de poitrine de sa combinaison d'un air résolu lorsque son visage blêmit.

– Enfer ! Je suis parti tellement vite de Beaurepaire que j'ai oublié la boîte.

– T'inquiète pas, je suis sûre que les Oï-Tîkî pourront te fournir en poisons violents.

– C'est ça. Un peu de résine suffira. Mais j'espère bien ne pas en arriver là. J'ai réussi à joindre le légat. Mon récit l'a beaucoup préoccupé. Il m'a promis sa protection.

– Et bien sûr, tu crois dur comme fer à ce genre d'allégations.

– J'ai une bonne raison pour cela.

– On peut savoir laquelle ?

– Il est intéressé.

– Par l'immortalité ? On s'en serait douté. Il faudrait être un saint pour repousser une tentation pareille !

– Pas seulement. Cela fait trois ans qu'il cherche à faire destituer le primat. Disons qu'il se trouve plus sur Dante en qualité de nonce que pour remplir les fonctions d'un légat. Malgré les précautions du Singe, des plaintes sont parvenues jusqu'au Saint-Siège. Et tu n'es pas sans connaître la réputation de Pie XIV. Il est impitoyable avec les prélats qui font trop parler d'eux. Malgré tout, dans le cas des primats, il ne peut se permettre de sanctionner sans preuves.

– Et tu serais la preuve ?

– Exactement.

– Dans ce cas, tu as une petite chance. Mais cela ne résout en rien le problème des Oï-Tîkî.

– Tout de même, tu exagères. Tu parles d'eux

comme si je les conduisais au génocide. Pour toutes les grandes découvertes, les applications se sont faites progressivement et les gens ont attendu leur tour.

– L'immortalité, pour tout le monde, ce ne sera pas une découverte mais l'incroyable réalisation d'un mythe. Personne ne supportera d'attendre pour en bénéficier.

⁂

Le lendemain, jour du solstice, après le festin rituel au cours duquel, l'estomac noué, Jordane n'avait pu avaler une bouchée, tous les habitants de la pyropole empruntèrent un chemin qui contournait la montagne pour se rendre au Champmol. Ange avait refusé de venir, arguant qu'il ne pouvait courir le risque de manquer le légat. Celui-ci l'avait assuré qu'il viendrait le chercher en personne mais n'avait pu préciser l'heure.

Jordane suivait le flot des sauriens, marchant mécaniquement aux côtés de Béni qu'elle ne pouvait regarder sans être prise de nausées. Elle revoyait les petites dents acérées déchirer la viande avec voracité et croyait encore sentir le fumet des jeunes Oï-Tîkî grillés. Elle avait refusé avec horreur les morceaux dégoulinants de graisse qu'on lui tendait. Comment pouvait-on manger la chair de sa chair ? Comment des mères pouvaient-elles se délecter en dévorant leurs propres enfants ?

Ange lui avait expliqué quelle faveur leur faisaient les Oï-Tîkî en leur offrant d'ingérer des membres de leur race. Il avait mis l'accent sur le rite et tenté de lui expliquer qu'elle ne devait pas juger en fonction du tabou humain. Après tout, jadis, il y avait eu des peuplades anthropophages sur la Terre et cela ne semblait pas si extraordinaire...

Jordane avait alors compris ce qui la choquait chez les Oï-Tîkî. Ils n'avaient rien de primitif. C'était un peuple plusieurs fois millénaire à la technologie sophistiquée... et pourtant, sur bien des points, ils se comportaient de façon aussi fruste que des bêtes. Ange pouvait toujours parler de rituel et Joris de sagesse néomalthusienne ! Jordane ne voyait autour d'elle qu'une assemblée de goinfres en train de se régaler sans la moindre arrière-pensée. D'ailleurs, il lui fallait bien reconnaître que le jeune saurien grillé avait une apparence et une odeur pour le moins appétissantes. Eût-elle ignoré l'origine de la viande, sans doute s'en serait-elle, elle aussi, délectée.

Elle maudissait son anthropomorphisme mais elle ne pouvait s'empêcher de penser que ces lézards étaient des *gens* et qu'ils mangeaient des *gens*. Elle ne put supporter de voir Ange planter ses dents dans son propre morceau et courut se cacher pour vomir.

Et maintenant, elle se demandait ce que ces arriérés mentaux lui réservaient encore. Elle réalisa tout à coup dans un sursaut d'horreur que cette opinion formulée à l'instant sur les Oï-Tîkî serait décuplée, centuplée dans son sens négatif par les Terriens avides d'arracher leur longévité aux sauriens.

Non, les Oï-Tîkî n'étaient pas des arriérés mentaux. Ils étaient... différents, voilà tout. Et rien, absolument rien ne lui donnait le droit de les juger.

Elle se redressa et Béni qui l'observait constata avec un soulagement visible son changement d'attitude. Elle réussit à lui sourire et se sentit beaucoup mieux d'avoir fait cet effort. Une idée la traversa qui lui parut si comique qu'elle éclata de rire. En se décentrant enfin, elle venait de réaliser que le saurien devait penser lui aussi des humains qu'ils étaient frustes, arriérés, superficiels... et en tout cas, incapables d'apprécier les meilleurs plaisirs de la vie.

Les Oï-Tîkî se demandaient-ils quel goût avait la chair humaine ? Jordane s'imagina découpée en tranches bien rôties livrées à la convoitise saurienne et se remit à rire. L'image qu'engendrait son esprit ne manquait pas de sel !

– Et voilà le Champmol ! annonça Béni d'une voix emphatique.

Des coulées de laves successives avaient drapé et plissé la montagne comme une étoffe. Ces reliefs fluides la couvraient jusqu'en sa base où l'accumulation du magma retenu par la pente douce d'une colline avait formé un plateau très lisse.

– C'est magnifique ! s'extasia Jordane qui ne put malgré tout résister au désir de lancer : mais ça n'a rien de mou !

– Attends un peu et tu vas voir ! Le Maître-Feu ne commence jamais avant que tout le monde soit là et nos champions en lice.

Jordane remarqua que les Oï-Tîkî se tenaient à l'écart des coulées de lave. Elle aperçut également les silhouettes d'une bonne douzaine de sauriens regroupés près du chaos fissuré dont – jadis ? – le magma s'était échappé.

Puis une explosion fit vibrer la montagne, ponctuée par un cri formidable de l'assemblée.

Alors Jordane vit se produire cette chose extraordinaire : comme du sang coulant d'une terrible blessure, un flot de lave jaillit d'une nouvelle fissure. Fluide et dégazé, il filait sur la pente, et un Oï-Tîkî filait avec lui.

Incrédule, la jeune fille se frotta les yeux mais

le saurien ne disparut pas. Il atteignit le plateau en même temps que la lave et s'arrêta comme elle sur la colline opposée, salué par le tonnerre de l'approbation des siens.

Joris... Joris avait dit vrai !

« Sais-tu que les Oï-Tîkî surfent sur le magma de Dante comme les sportifs de Southern City sur l'Océan Ecarlate ? » avait-il un jour lancé à sa fille qui arrivait de La Lisière.

Jordane avait déjà trop de mal à croire les membres de sa race assez fous pour risquer un bain sur un bord de mer grouillant de protozoaires rouges et gluants, pour accepter en plus l'idée de sauriens hasardant leur vie sur un océan de feu. Elle avait haussé les épaules avec une insolence calculée et Joris, outré de se voir pris pour un mythomane, n'était jamais revenu sur le sujet, renonçant même à lui montrer les films qui auraient prouvé ses dires.

De nouveaux Oï-Tîkî descendaient le fleuve en fusion et, cette fois, Jordane distingua leurs planches. A la grande surprise de Béni, elle se mit à applaudir avec enthousiasme.

– Pourquoi tu claques tes mains ? interrogea le saurien.

– C'est une mimique des humains pour signifier leur approbation et leur contentement devant un spectacle qui leur plaît.

– Ah ! J'étais sûr que tu aimerais ça.

Et Béni frappa ses paumes l'une contre l'autre sans obtenir l'effet souhaité. Sa peau ne résonnait pas mais rendait un son mat, assourdi.

Il y eut un murmure inquiet dans l'assistance et Jordane reporta ses yeux sur la coulée de lave. L'un des sauriens était en train de perdre l'équilibre. Il ne réussit pas à se rétablir et s'abîma dans le magma avec un hurlement atroce.

– Fur-ass' ! Quel maladroit ! grogna Béni.

Jordane le regarda avec ahurissement. Elle voulut fustiger sa cruauté mais ne trouva pas le mot en oï-tîkien. Ce concept n'existait pas chez les sauriens. On ne faisait pas souffrir par plaisir. On tuait avec indifférence, sans sadisme, dans une sorte d'innocence.

– Pourquoi es-tu si dur ? intervint-elle malgré tout.

Béni lui jeta un regard étonné.

– Dur ? Je ne suis pas dur. Il ne faut pas tomber. C'est le jeu. Et moi, quand on me permettra de glisser dans le Champmol, si jamais je tombe, en tout cas, j'aurai assez de contrôle pour garder ma peur en moi et ne pas crier.

Lorsqu'ils regagnèrent la pyropole, Jordane était étreinte par un mauvais pressentiment et elle ne cessa d'accélérer le pas tout le long du chemin.

Après avoir arpenté la cité en tous sens en hurlant le nom d'Ange, elle dut admettre qu'il avait disparu. Elle n'arrivait pas à se persuader que le terme « disparu » n'était pas adéquat. Elle ne voulait pas employer le verbe « enlevé » mais ne pouvait se résoudre à l'anodin « parti ».

Elle descendit jusqu'à la terrasse inférieure avec le vague espoir de trouver Ange endormi dans le cockpit de Bellérophon et découvrit les traces fraîches d'un atterrissage.

– Allons, murmura-t-elle. Il *faut* qu'il soit parti avec le légat.

Mais elle ne parvint pas à s'en convaincre et ne fut pas surprise de voir un peu plus tard un aérodyne aux couleurs pourpre et or de la légation manœuvrer au-dessus de la pyropole et se poser.

Elle expliqua au légat qu'il arrivait trop tard et

que l'oiseau rare qu'il venait protéger s'était envolé, ou plutôt : avait été volé.

– Le primat ? interrogea Son Eminence.

– Qui d'autre ? répliqua Jordane. Maintenant, il faut faire vite pour protéger les Oï-Tîkî. Le Singe n'hésitera pas à recourir à la torture et Ange a oublié de se procurer du poison.

– Du poison ? Contre le primat ?

– Mais non. Contre lui-même. Pour ne pas trahir son secret.

– Allons, rassurez-vous. Je vais intervenir et tout va s'arranger. Du poison ! A votre âge, c'est très mal de faire allusion au suicide.

– Il y a un âge pour ça ?

– Ne soyez pas insolente, petite fille. Et attendez sagement ici en vous cachant des aérodynes. Sauf du mien, bien entendu.

– Quoi ? Pas question ! Je viens avec vous.

– Sûrement pas. C'est trop dangereux. On pourrait se servir de vous contre votre tuteur ou même contre moi. Je ne viendrai vous chercher que si vous devenez vraiment indispensable.

Et, adressant un dernier regard chargé de curiosité à l'attroupement des sauriens agglutinés autour de son véhicule, il fit virevolter avec grâce le multiplis de sa robe pourpre et regagna majestueusement la cabine spacieuse dont la porte s'ouvrait dans le fuselage damasquiné.

– Dites à ces lézards de s'écarter, nous allons décoller, lança-t-il à Jordane.

Furieuse, celle-ci exécuta malgré tout les ordres du prélat. L'aérodyne se mit à gronder et, s'ébranlant pesamment, hissa sans panache sa lourde masse dans le ciel de Dante.

Jordane eut un rictus de mépris. Le petit bolide d'Ange coûtait peut-être moins cher mais il était beaucoup plus gracieux.

10

– Votre Excellence !
– Plus tard, Benoît, plus tard.
– C'est que...
– Eh bien quoi ?
– Son Eminence Justin Cryptobare est ici.
– Le légat ! Déjà ! Dis-lui que je ne suis pas là.
– Il a insisté pour vous voir et s'est installé dans le salon des lumières avec toute sa garde ! Il affirme qu'il ne sortira pas du palais avant que vous ne l'ayez reçu.
– Enfer ! Va rejoindre Maxime. Demande-lui de vérifier si nous sommes prêts. L'imprégnation, le conditionnement, tout. Si oui, dis au légat que je consens à le recevoir. Si non, dis-lui n'importe quoi. Que je suis aux thermes... Enfin, tu trouveras bien.

***

Justin Cryptobare arpentait le vitrail dont les couleurs changeaient en synchronisation avec ses déplacements. Ce plancher mouvant lui avait infligé une vague nausée mais il ne pouvait se résoudre à l'attente statique des périfauteuils. Conscient du fait que ses marches incessantes trahissaient sa nervosité, il avait renvoyé ses hommes. Il lui suffisait de les savoir dans le hall, prêts à intervenir au moindre signe.

Malgré la climatisation, il transpirait sous le voile de soie pourpre de sa dalmatique. Il releva le vêtement et l'agita sur ses jambes tatouées d'or et fraîchement épilées. Le maigre soulagement que lui procura le déplacement de l'air ne valait pas l'effort déployé pour l'obtenir et, en soupirant, le légat laissa retomber sa tunique. Il avait beau connaître l'origine subjective de sa sensation de chaleur, il ne réussissait pas à la contrôler. Il jeta un regard exaspéré aux fontaines lumineuses qui embrasaient les quatre murs de la pièce et se remit à déambuler avec une rage accrue.

Diakonos, son secrétaire, somnolait dans l'un des confortables sièges. Il connaissait l'enjeu de leur présence au siège primatial à une heure aussi tardive et comprenait sans la partager l'inquiétude de Justin Cryptobare. Chaque minute écoulée diminuait leurs chances de récupérer Ange Costel. Justin Cryptobare avait voulu frapper vite mais il avait oublié qu'il n'avait aucun moyen de forcer les geôles du primat. Ce dernier avait bel et bien enlevé le biologiste, ils en avaient désormais la preuve, mais le témoignage qui incriminait Guerric Le Hart était trop mince pour permettre autre chose qu'un bluff. Que vaudrait la parole d'un gueux contre celle d'un gouverneur planétaire ?

– A ton avis, Diakonos, intervint le légat comme si sa pensée avait suivi exactement le même cheminement, est-il bien utile que nous restions ici ? Le Hart a eu dix fois le temps de faire disparaître Costel ! Il va me proposer de me faire admirer en personne le vide de ses prisons.

– Même s'il ne les a pas fait évacuer, je doute fort que nous y trouvions l'objet de nos recherches.

– Tu as raison. Allons-nous-en. Il faut envisager une autre stratégie.

Diakonos marqua son approbation en se levant d'un bond, avec une énergie dont il n'avait guère fait preuve ce soir-là. Il lissait son costume strict de faille bleu clair lorsqu'un homme vêtu de la livrée noire et or primatiale pénétra dans le salon.

– Son Excellence Guerric Le Hart va vous recevoir, dit-il en s'inclinant jusqu'à terre. Si Votre Eminence veut bien me suivre...

Et sans attendre de réponse, ni même vérifier qu'on le suivait, il fit demi-tour et sortit de la pièce.

– Quelle insolence! s'exclama Diakonos. Allez-vous céder à une invitation aussi cavalière?

– Je suis curieux de connaître la réaction de Guerric à mes questions. Allons-y, nous n'aurons pas attendu pour rien.

*
**

– Mon cher Justin! Que me vaut l'honneur de cette visite impromptue? Savez-vous que vous m'avez sorti du bain?

– Pour y avoir passé autant de temps, vous n'avez pas la peau en trop mauvais état!

Le mielleux et l'acide se croisent sans se mêler, pensa sentencieusement Diakonos dont la bouche trahissait une satisfaction narquoise. Cette joute oratoire promettait d'être mouvementée et il adorait ça... tant qu'il n'était pas concerné, bien sûr. Aussi fut-il très désappointé d'entendre le légat toucher droit au but sans plus de circonlocutions. Sa déception se changea en consternation lorsque le primat affirma pouvoir satisfaire sans attendre la curiosité de Justin Cryptobare.

C'était tout simple, Ange Costel avait accepté de travailler pour Guerric Le Hart.

En attendant l'arrivée du biologiste, l'ambassadeur et le prélat échangèrent quelques phrases contraintes tout en se mesurant du regard comme deux fauves prêts à se jeter l'un sur l'autre pour s'entre-dévorer.

Puis Ange Costel fit son entrée en scène.

Seul un aveugle n'aurait pas remarqué d'anomalie dans le comportement du biologiste. Il marchait droit mais l'homme qui le tenait par le coude le serrait de trop près pour ne pas donner l'impression qu'il lui servait de guide. De surcroît, ses pupilles étaient anormalement dilatées.

– Ser Costel, interrogea le primat, est-il vrai que vous avez accepté de travailler pour moi? Répondez par oui ou par non.

– Oui.

– C'est insensé! s'insurgea le légat. Il est évident que vous venez de le conditionner pour qu'il réponde par oui à votre question.

– Souhaitez-vous l'interroger vous-même? demanda Guerric Le Hart d'une voix doucereuse.

– Absolument! Je me fais fort de découvrir une faille dans le blocage que vous lui avez infligé!

– Je vous en prie, faites. Maxime, tu peux lâcher notre petit Ange!

Justin Cryptobare s'approcha du biologiste jusqu'à le toucher.

– Ange Costel, me reconnaissez-vous? demanda-t-il.

Et puis tout se passe très vite. Le regard du biologiste a cessé d'être vague pour se fixer sur le légat qu'il dévisage avec une horreur grandissante. Ses prunelles s'agrandissent encore. Sa main se lève – sa main tout à l'heure vide et maintenant inexplicablement armée –, et cette main s'abat sur l'homme à la robe pourpre, encore et encore, couperet mécanique faisant gicler le sang à un mètre à la ronde...

Guerric Le Hart activa une alarme, et une horde de gardes se rua dans la pièce pour maîtriser le forcené.

– Enfermez-le dans la cellule capitonnée, ordonna le primat.

Ils sortirent, entraînant sans difficulté le biologiste hagard et ensanglanté. Diakonos restait cloué sur place, regardant sans y croire le corps mortellement frappé du légat. En relevant la tête, il constata l'intense jubilation de Guerric Le Hart.

– Comment avez-vous osé? balbutia-t-il. Vous lui avez injecté un dépersonnalisant, n'est-ce pas? Après ça, il suffisait de lui faire éprouver une haine intense à la vue d'une robe rouge. Un conditionnement très facile. Une heure a dû vous suffire.

– Quelle perspicacité!

– Qu'allez-vous faire de moi?

– Qu'en penses-tu?

– Vous ne pouvez courir le risque de me voir témoigner contre vous.

– Ta logique t'honore. Si Justin peut encore t'entendre, il doit être fier de toi.

– Ne soyez pas si sarcastique, votre tour viendra.

– Sûrement pas. Je serai bientôt immortel.

– Pour cela, il faudrait éviter de mourir. Je ne crois pas le sérum oï-tîkien capable de ressusciter qui que ce soit.

– Et pourquoi devrais-je mourir?

– Pour payer vos crimes contre l'humanité. Il se trouvera bien quelqu'un que vous aurez assez désespéré pour lever la main contre vous. Je vous prédis de périr assassiné avant le prochain périgée d'Alpha Centauri.

– Echangeons les bons procédés. Tu m'es sympathique et je te laisse le choix de ta fin. Préfères-tu mourir intelligent ou vivre idiot?

– Cessez de jouer avec moi. Tuez-moi tout de suite.

– Ainsi soit-il.

⁂

Ange rêvait. Il chassait dans les collines d'Argentières la bête féroce qui dévastait Beaurepaire. Et brusquement, au détour d'un chemin, elle était là qui l'attendait, énorme, terrible avec sa robe rouge couleur de sang. Et Ange frappait, frappait, et la bête le regardait avec des yeux tellement bizarres, et Ange continuait à frapper sans pouvoir contrôler son bras, et une angoisse terrible l'envahissait en même temps que ce sentiment d'irréalité propre aux rêves, et il voulait se réveiller, il fallait qu'il se réveille mais

il erre dans les marais de Barbotan. Comment est-il arrivé là ? Comment a-t-il traversé la forêt ? Comment le Raz-des-Monts a-t-il bien pu le recracher à cet endroit ? Les collines mouvantes ne fluent jamais que dans un sens et les objets qu'elles transportent s'échouent toujours contre la forêt...

Marcher. Il faut marcher. Passer la cordillère du Capricorne, trouver les villes oï-tîkiennes. Là, il pourra se cacher. Il pourrait se cacher mais le sol vient de se dérober sous lui. Les croûtes du marais sont instables, pourquoi n'a-t-il pas fait plus attention ? La vase l'aspire. Il ne va pas tarder à étouffer. Il commence

gouffre. Ange reconnaît la sensation familière de la chute imaginaire. Il va se réveiller. Il se réveille...

Il rêvait toujours. Ce n'était pas possible. Cette pièce sans ouvertures au capitonnement crasseux, à la lumière glauque... Cette sensation de pesanteur et en même temps de division.

De division ? Cela ne voulait rien dire.

Pourtant il se sentait comme s'il avait été là et ailleurs en même temps. Heureusement cette impression s'estompait. Ange revenait à lui et avec le retour de sa conscience, il réintégrait sa mémoire... Et sa mémoire n'avait rien de bon à lui apprendre. Il était prisonnier du primat.

Dans un mouvement puéril, il enfouit sa tête dans ses mains. Il se redressa aussitôt avec un hoquet d'horreur. Ces croûtes brunes coagulées sur ses mains, cette odeur doucereuse, c'était du sang !

Avec stupéfaction, il découvrit que le devant de son corps tout entier en était maculé. Pouvait-on avoir autant saigné et n'éprouver aucune douleur ? Il se palpa prudemment, à la recherche des blessures qui avaient engendré l'hémorragie. Rien. Décidément, il devait encore être en train de rêver.

Ange se leva et la vérité que les plis de sa combinaison lui avaient dissimulée lui apparut enfin. Des taches. De sang, certes, mais pas le sien. Quelqu'un avait été blessé à ses côtés et son sang avait giclé sur lui. Ange soupira de soulagement et essaya de se remémorer l'incident.

Après avoir imposé à sa tête douloureuse de longues minutes de torture mentale, il dut se rendre à l'évidence. Il ne se rappelait rien. Son dernier souvenir, après l'arrivée au siège primatial, c'était le visage goguenard de cet homme approchant une seringue de son bras. Il avait bien tenté de résister mais il n'y avait gagné qu'un surcroît de douleur lorsque l'aiguille avait perforé sa peau.

Découragé, Ange se rallongea. Il ignorait ce qu'on lui avait injecté. Sans doute du penthotal ou quelque chose d'analogue... Non, ce devait être plus sophistiqué, il se sentait vraiment dans un état très bizarre. Le Singe était-il arrivé à ses fins ? Avait-il réussi à lui arracher son secret ?

Comme si l'on avait écouté ses pensées, une porte jusque-là invisible coulissa dans l'épaisseur du capiton et le primat entra dans la cellule.

– Mon cher Ange! s'exclama-t-il sur un ton plein d'entrain. Je suis ravi de vous voir réveillé. Comment vous sentez-vous?

– Vous n'avez pas le droit de me détenir ici, dit Ange d'une voix qui s'étranglait alors qu'il l'avait voulue rugissante. Lorsque le légat apprendra que vous m'avez enlevé, il vous fera condamner.

– Tss-tss! Que voilà de vilaines pensées. Mais suivez-moi plutôt. J'ai quelque chose de passionnant à vous montrer. Un document étonnant. Lorsque vous l'aurez vu, je suis sûr que vos sentiments à mon égard changeront du tout au tout!

Un peu plus tard, Ange, atterré, découvrait son meurtre. Le film, particulièrement réaliste, le condamnait sans espoir de recours. Il comprit alors quel avait été le contenu de la seringue.

– Un schizodépresseur! murmura-t-il, accablé.

– D'une rare efficacité, confirma le primat. Je n'avais jamais vu une drogue de dépersonnalisation agir aussi vite. Il faut dire que le conditionnement a été facile! Avec une cible rouge... Vous apprendre un visage aurait sans doute été plus long.

Vaincu par l'épuisement nerveux et l'anéantissement de ses espoirs de liberté, Ange fondit en larmes.

– Allons, allons, dit le primat en lui tapotant l'épaule. Ce n'était qu'un légat, tout de même! Il ne faut pas vous frapper pour si peu!

⁂

Ange avait changé de prison. Le Singe l'avait installé dans une chambre confortable dont la fenêtre était scellée de barreaux.

Croyait-il vraiment ses captifs susceptibles d'affronter quelque cent mètres de vide ? Ou avait-il plus simplement peur de les voir lui échapper par un suicide ? Ange se demanda s'il aurait eu le courage de se jeter par la fenêtre et ne réussit pas à s'en persuader.

Etait-il plus facile d'avaler une pilule ? Sans doute, mais aurait-il pu s'y résoudre en l'absence de toute menace physique ? Il en doutait. Il se savait lâche, beaucoup trop lâche pour commettre cet acte idéaliste à la seule fin de protéger les sauriens de Dante. Il aimait trop la vie, surtout sa nouvelle vie qui promettait de s'étirer à l'infini.

Et pourtant, que vaudrait-elle sans cette gloire qu'il avait tant attendue ? Sans cette revanche qui allait passer à un micron de lui et qu'il ne pourrait pas saisir ?

Guerric Le Hart ne lui avait pas laissé grand choix. A la fin de la matinée, si Ange ne se décidait pas à livrer son secret, il serait remis entre les mains des Sept Justes. Après avoir été condamné – ce qui ne faisait aucun doute : le film y aurait suffi à lui seul, mais il serait en plus corroboré par le témoignage du vicaire ablégat –, Ange échouerait entre les griffes des veiers, qui étaient des créatures du Singe. Alors, Dieu ait son âme...

Le biologiste frissonna. A tout prendre, autant échanger tout de suite l'éternité contre sa liberté plutôt que de se la faire arracher d'atroce manière.

Restait une inconnue. Pouvait-il croire à une

promesse du Singe ? Ce dernier lui avait avoué sa satisfaction de s'être débarrassé de son ennemi de si élégante façon; ce coup double était inespéré. Ange lui avait réellement facilité la tâche en demandant secours au légat. Le Hart eût-il voulu tendre un piège à Justin Cryptobare qu'il n'aurait pu inventer meilleure stratégie.

Alors ? Il lui fallait un assassin pour apaiser la colère du Saint-Siège. S'il ne livrait pas Ange, où trouverait-il un substitut ? Fallait-il lui faire confiance lorsqu'il affirmait avec cynisme que cela ne poserait pas le moindre problème ? Et que même le vicaire se laisserait corrompre ?

Avec découragement, Ange se renversa dans son fauteuil et la structure protéiforme s'adapta en douceur à la nouvelle position de son corps.

C'était très simple, il n'avait pas les moyens d'émettre un doute. De toute façon, le primat le déposséderait de sa découverte. Autant se laisser voler sans résistance.

Il fit un effort conscient pour décontracter ses mâchoires. Son crâne le démangeait à l'endroit où on lui avait retiré le traceur mais il résista à la tentation de le gratter. Il en connaissait les douloureux effets.

L'arrivée de l'aérodyne primatial à la pyropole l'avait sidéré. Comment le Singe avait-il fait pour le pister jusque-là ? Son étonnement s'était changé en stupéfaction quand il avait vu le vidame se diriger tout droit vers la vulcane où il s'était caché.

En approchant, l'homme avait déchaîné les pulsations de la « migraine » d'Ange qui en avait alors compris l'origine : une micro-balise, implantée le soir où on lui avait infligé une narco-analyse, au Jardin des Délices. Sa névralgie persistante s'expliquait enfin.

Le rôle de Marilys, par contre, apparaissait au biologiste comme une énigme indéchiffrable. Ange avait été tellement surpris de la voir tout à l'heure aux côtés du primat qu'il avait hésité à la reconnaître. C'était pourtant bien elle, malgré ce maintien hautain, cette moue dédaigneuse, ces regards froids qui n'appartenaient pas à l'hétaïre du Jardin des Délices.

L'avait-on elle aussi dépersonnalisée ? Ange ne voyait pas d'autre explication à la présence de la fille aux côtés du Singe au moment de la projection du film et pendant toute la discussion qui avait suivi. Elle avait l'air libre d'aller et venir à sa guise et les gestes intimes de Guerric Le Hart à son égard ne laissaient aucun doute sur la nature de leurs relations. Pourtant le Singe ne pouvait pas être ébloui par la beauté de cette fille au point d'oublier qu'en la gardant à ses côtés, il en faisait un témoin dangereux...

Un cliquetis à la porte tira le biologiste des limbes où sa conscience s'était engloutie. Par la Bulle ! Comment avait-il pu s'assoupir ! Il se redressa, la gorge serrée d'angoisse. Ainsi, l'heure du choix avait sonné...

Mais là où il attendait une troupe, il ne vit entrer que Marilys. Laquelle avait encore changé d'attitude. Les traits de son visage étaient tirés et ses gestes saccadés trahissaient sa tension.

Elle lança un paquet au biologiste et lui expliqua brièvement :

– C'est un uniforme primatial. Enfilez-le en vitesse, nous n'avons pas beaucoup de temps.

– Mais... balbutia Ange, trop éberlué pour bouger.

– Dépêchez-vous. Ce n'est vraiment pas le moment de discuter. Je prends des risques en vous libérant.

– Vous me libérez ? Mais pourquoi ?

– Plus tard! lança la fille avec impatience. Habillez-vous, je vérifie que personne n'arrive.

Comprenant enfin la chance qui lui était offerte et sans s'attarder à l'analyser davantage, Ange démagnétisa sa combinaison souillée, s'en extirpa en hâte et enfila le justaucorps noir et or des gardes du palais. Le vorlon s'adapta en quelques instants à sa taille et Ange mit ce temps de latence à profit pour régler – de façon à cacher une bonne partie de son visage – le casque de similicuir.

Enfin prêt, il se glissa hors de la chambre, étonné de ne pas voir la porte claquer avec violence, à la dernière seconde. Mais non, il était bien, sinon libre, du moins sur la voie de la liberté.

Ils quittèrent le palais sans encombre, salués partout avec déférence. Décidément, Marilys jouissait, au siège primatial, d'un statut étonnant.

A l'extérieur, une bulle attendait, à demi estompée par le brouillard de particules. Sur le plastiment de la rue, la couche de cendres atteignait déjà près de dix centimètres.

Marilys programma le radioguidage et, se renversant sur son siège tandis que le véhicule démarrait, poussa un soupir de soulagement.

– Avec un peu de chance, nous serons arrivés avant qu'il devienne impossible de circuler, dit-elle en lui adressant un sourire lumineux.

– Je suppose que je vous dois des remerciements, murmura Ange, inexplicablement envahi par un sentiment d'impuissance.

– Ne remerciez jamais avant de savoir ce que l'on vous propose!

Ces paroles narquoises corroboraient le mal à l'aise du biologiste.

— Quelle que soit votre requête, et je crois en avoir une vague idée, vous m'avez enlevé au Singe, ce qui vous compromet définitivement. Ne serait-ce que pour cela, il me faudrait vous remercier. Maintenant, somme toute, il ne vous resterait rien si je vous échappais.

— Pour aller où ? Où que vous vous cachiez sur Dante, Guerric vous retrouvera. Il en a les moyens. Et le jour où il mettra la main sur vous, craignez sa vengeance. De toute façon, je ne vous imagine pas vivant traqué comme un paria. Cela ne correspond pas à votre tempérament.

— Je ne vois guère d'autre solution !

— Vous vous imaginez peut-être que je vous ai libéré pour vos beaux yeux ? Les hommes sont vraiment d'une vanité insupportable !

— Rassurez-vous, je me suis toujours gardé d'entretenir sur moi ce genre d'illusions. Parlons clairement. Que me proposez-vous ?

— La protection du TTT.

— Le Tachytélétrust ? Par le dam ! Décidément, vous avez de sacrées relations !

— Et que croyiez-vous ? Que je n'étais qu'une petite pute du Jardin des Délices ?

— Eh bien...

— J'étais en mission pour Guerric, aux jardins. Il m'avait envoyée là uniquement pour vous. Et même pas comme hétaïre. Je ne devais pas coucher avec vous. Ce porc est très jaloux.

— Vous avez l'air bien dégoûté. Il ne vous retenait pas avec des chaînes, tout de même !

— Je suis toujours là où il y a le plus d'argent. Mais je n'aime pas la violence et Guerric prenait beaucoup trop de plaisir à me faire assister aux déferlements de la sienne. J'avais une revanche à prendre mais je ne l'aurais pas quitté sans avoir trouvé mieux. C'est-à-dire vous. Enfin, l'information que vous détenez et que je vais vendre très cher au TTT.

– Qu'est-ce qui vous fait penser que je suis consentant ?

– Vous rêvez de cette gloire plus que tout. Tous les comptes rendus de vos narco-analyses révèlent votre frustration d'avoir été obligé de vous exiler de la Terre et votre désir passionnel d'y revenir célèbre. C'est vous, en fait, que je vais vendre au TTT. Je vais me faire payer pour que vous exposiez en astrovision le secret de la longévité oï-tîkienne et pour que vous prouviez à l'univers tout entier que vous en avez bien trouvé l'application pour l'homme. Lorsque la séquence aura été diffusée sur tous les mondes, plus personne ne pourra rien contre vous.

– Si célèbre soit-il, un criminel ne peut échapper à la justice, dit Ange avec amertume. Que l'univers tout entier encense mon nom ne m'aidera pas à mourir. Le Singe s'est garanti contre mon évasion en me faisant assassiner le légat.

– Rassurez-vous, Guerric ne peut plus rien contre vous. J'ai volé la cassette du film.

Bouche bée, Ange dévisagea Marilys avec une stupeur admirative. Il réalisait soudain l'aura de pouvoir qui émanait de la métisse. Une sorte d'ascendant souverain. Maintenant qu'elle se savait hors de danger, elle avait recouvré son entière maîtrise. Le biologiste commençait à se persuader qu'elle allait bien être l'instrument de sa libération lorsqu'une désagréable réminiscence s'interposa dans son champ de conscience.

– Vous oubliez le témoignage du secrétaire ! s'exclama-t-il, découragé.

– Le vicaire ? Vous êtes bien naïf de le croire toujours en vie. Comment Guerric aurait-il pu prendre ce risque ! Il était parfaitement visible que vous étiez drogué, même si cela n'apparaît pas clairement sur le film.

– Mais alors, je suis libre ! exulta Ange.

– Pas tout à fait. Mais je serai un geôlier plus agréable que Guerric. Tu seras en liberté conditionnelle.

– Quelles sont les conditions ?

– D'abord, le passage en astrovision, mais ça, pour toi, c'est plutôt une gratification. Ensuite, une injection de sérum oï-tîkien. Je serais stupide de ne pas profiter de cette chance. Enfin, comme je ne tiens pas à devenir le gibier de Guerric Le Hart, je reste avec toi. Je bénéficierai ainsi de la garantie de protection promise par le TTT jusqu'à ce que nous nous rendions sur Terre. Le primat ne me poursuivra pas jusque-là.

– J'accepte.

– Tu n'as pas le choix. Où que tu ailles, le film du meurtre te ferait condamner. Et ne songe pas à me tuer pour te débarrasser de moi. La cassette est entre les mains de quelqu'un de sûr qui la divulguera s'il m'arrive quelque chose. Lorsque nous serons sur Terre et que tu seras suffisamment riche, je te la vendrai très cher et tu seras débarrassé de moi.

– Vous avez tout prévu.

– Exactement.

11

Massif et tourmenté, le sang-dragon semblait émerger de la mare où son corps souple s'enracinait. Il dégageait une impression de force animale et ses deux uniques feuilles noires aux nervures apparentes évoquaient irrésistiblement deux ailes membraneuses. Leur sensibilité au vent et leur phototropisme s'additionnaient au suintement permanent du tronc pour donner l'illusion de la vie. Les gouttes écarlates de la résine hallucinogène sourdaient de pores minuscules qui se dilataient au cours de la journée et se rétractaient le soir.

Brusquement, les ailes du sang-dragon se mirent à s'agiter en grinçant comme pour échapper à leur condition végétale et prendre enfin leur essor.

Perdue dans sa contemplation de l'arbre, Jordane n'avait pas vu approcher la tornade. Elle eut juste le temps de gagner la petite grotte sous la cascade avant le déchaînement des éléments.

Malgré le bruit de la chute d'eau, le hurlement du vent parvenait jusqu'à elle. Les rafales augmentèrent en intensité jusqu'à changer la bruine qui pénétrait par moments dans l'abri en paquets d'eau tourbillonnante. Mais Jordane n'était pas inquiète. Dans l'hémisphère Nord, les tempêtes « dantesques » étaient toujours très courtes et la caverne en surplomb ne risquait pas de se trouver submergée.

Malgré tout gagnée par l'impatience, elle écailla rageusement l'induvie des fruits qu'elle était venue cueillir dans le vallon et les engouffra en quelques bouchées, les uns après les autres. L'entassement à ses pieds des cupules vidées la fit rire... mais son rire se transforma en grimace; cette voracité ressemblait fort à de la boulimie.

Et alors ? Il fallait bien compenser l'alimentation exclusivement carnée de ces maudits lézards ! Elle avait compris la veille pourquoi, malgré sa beauté, leur cité la déprimait. On n'y rencontrait pas la moindre végétation, en dehors des mousses parasites. Pas un arbre, pas une fleur, pas même un sang-dragon. Ce dernier réclamait, il est vrai, des conditions bien particulières pour s'épanouir, et son absence au flanc de cette montagne s'expliquait. Mais les plantes? Elles auraient proliféré sans peine si les Oï-Tîkî leur avaient laissé libre cours. Jordane avait eu bien du mal à admettre qu'elles ne rentraient pas dans le champ conceptuel des sauriens. Ils les jugeaient tout simplement anarchiques et inharmonieuses... La pyropole était un joyau froid et stérile sur lequel régnait seul le ricanement des oiseaux moqueurs, avides de grapiller les miettes carnées abandonnées par les sauriens.

Après avoir dû se cacher en hâte dans le vallon, une semaine plus tôt, Jordane y était revenue tous les jours pour jouir de la nature foisonnante qui s'épanchait là en toute liberté dans un concert de bruits et de piaillements.

La jeune fille se remémora avec un frisson la ruée des forces du primat sur la pyropole, se demandant une fois de plus comment l'interpréter.

Le Singe avait-il cherché à l'enlever pour faire pression sur Ange ou pour se venger? Et si Ange lui avait échappé, pourquoi ne se manifestait-il pas? Sans nouvelles de lui ni du légat, Jordane ne pouvait s'empêcher d'imaginer les pires tractations. Des images d'Oï-Tîkî dépecés hantaient ses nuits et elle se réveillait en hurlant, torturée par la culpabilité.

Malgré les efforts évidents de Béni et des siens pour l'intégrer à leur cité, elle se sentait toujours aussi étrangère et perdue parmi eux. Tant qu'elle s'était trouvée à La Lisière et dans la forêt, elle n'avait cessé de lutter, oubliant son déracinement. L'inaction la rendait au souvenir de Terango et elle se surprenait à pleurer sur son enfance enfuie et sur les douceurs si lointaines du cocon des Ursulionnes.

Elle tentait alors de rassembler les contours des visages de ses mères et réussissait à retrouver les traits de ses préférées. Amanda, tendre et pulpeuse comme un fruit mûr, qui savait calmer désespoirs et colères; Vic, l'attentive, à qui l'on pouvait tout raconter; et surtout Silver, aussi droite et dure qu'une flèche, qui enseignait le tir à l'arc et qui était adorée ou haïe...

Et Nolwenn, sa mère génétique?

Jordane se la rappelait très grande, fine, distinguée et... si froide. Au lieu de prendre tout simplement sa fille dans ses bras, elle tentait de corriger le déficit de ses absences répétées par d'absurdes petits cadeaux...

Jordane soupira au souvenir du sentiment d'étrangeté qu'elle avait ressenti à la mort de Nolwenn et qui l'avait fait fondre en larmes. Elle avait cru ne pas aimer sa mère mais alors d'où venait cette sensation de coupure? Pressentiment de ce qui allait suivre? Et pourquoi s'était-elle rendue odieuse jusqu'à l'arrivée de son père?

Autant de questions dont elle ignorerait sans doute à jamais les réponses. En attendant, elle se confortait dans l'idée de son retour proche sur Terango. Ange ne pourrait plus désormais la renvoyer à La Lisière et si, comme elle le craignait, il décidait d'exploiter sa découverte, sa pupille représenterait vite une charge très encombrante.

Jordane se faisait fort de harceler le biologiste jusqu'à lui donner très mauvaise conscience. Cela le déterminerait au moins à se débarrasser d'elle. Avec un peu de chance, il accepterait de lui payer un retour sur Terango par le convertisseur.

L'ouragan s'éloignait.

Jordane attendit que la décrue des eaux qui se ruaient en contrebas dans le ruisseau transformé en rivière boueuse lui permît de regagner la berge en toute sécurité.

En quelques minutes, le cours du flot grondant se normalisa et elle put s'avancer sous le rideau de la chute, en prenant garde à ne pas glisser de l'étroite corniche.

Lorsqu'elle sortit à l'air libre, le nuage noir et tourbillonnant de la tornade s'éloignait en direction du sud-ouest et Rigil Kent embrasait à nouveau le ciel. Les ailes perlées d'eau du sang-dragon s'étaient transformées en deux gigantesques écrins noirs où s'enchâssaient une myriade de pierres précieuses que les rayons du soleil irisaient.

Jordane refit une provision de fruits et, abandonnant le vallon aux piaillements assourdissants de sa faune, elle se dirigea vers la pyropole.

Vernissée par la pluie, la cité oï-tîkienne étincelait dans la lumière. L'ouragan l'avait lavée de sa poussière et les flaques d'eau la douaient d'une vie, d'une mouvance, qui s'opposaient à son statisme habituel. De jeunes sauriens jouaient à s'éclabousser sous les yeux attentifs d'une Oï-tîkî adulte.

Jordane avait appris à distinguer les femelles des mâles. Il y fallait un œil exercé car leur stature était la même; seules différaient la couleur des écailles – dont le vert était moins sombre, avec des reflets mordorés –, et les courbes du ventre – mais cette différence n'était pas sensible chez les nullipares et se remarquait à peine sur les jeunes mères. D'autant que la plupart d'entre elles, en dehors de leurs périodes de ponte, faisaient partie du groupe de chasse.

Les Oï-Tîki ne connaissaient pas l'élevage. Ou s'ils l'avaient connu, en des temps reculés, ils l'avaient banni de leurs coutumes. Seules les proies libres les intéressaient car les capturer et les tuer représentait beaucoup plus pour eux que l'acte simple d'assurer leur subsistance. Même lorsque leurs entrepôts de viande étaient pleins, ils partaient chasser pour le plaisir et se fixaient alors pour objectif les proies les plus difficiles, emportant avec eux la sarbacane primitive des initiations, à l'exclusion de toute autre arme.

La substance vénéneuse qui recouvrait leurs projectiles permettait une excellente conservation de la viande. Ils n'avaient jamais faim. La raréfaction du gibier, en hiver, correspondait à leur période de léthargie. Ils s'enfermaient alors hermétiquement dans les vulcanes : un dispositif complexe, qui veillait en particulier à ce que la température ambiante ne descendît pas trop bas, les réveillait lorsque leur métabolisme atteignait un seuil critique. Il leur suffisait alors de s'alimenter avant de se « rendormir ».

Jordane avait atteint la terrasse inférieure de la pyropole. Elle y retrouva Béni qui jouait à « j'y-suis-deux, je-n'y-suis-plus » avec Tor-oô-iï, un Oï-Tîkî issu de la même couvée que lui.

Peut-être étaient-ils frères ? Ils ne le sauraient jamais. Le concept de famille était inconnu dans les pyropoles. Sitôt pondus, les œufs étaient portés dans l'incubateur. On ne les marquait pas pour les reconnaître les uns des autres. Les petits sauriens éclosaient dans le désordre et personne n'aurait su dire de quelle femelle ils provenaient. Jordane, qui ne pouvait s'empêcher de continuer à faire de l'anthropomorphisme, se disait que c'était une explication à l'absence de réactions affectives des femelles cannibales, lesquelles pouvaient toujours se croire en train de déguster les enfants de leurs consœurs...

Les deux sauriens étaient déchaînés. Complètement absorbés par leur jeu fulgurant, ils n'avaient pas remarqué la présence de Jordane et celle-ci put les contempler à loisir.

Ils avaient réglé l'espaceur sur un temps très court – une à deux secondes – et Béni dédoublé, qui tenait l'instrument, ne cessait d'apparaître et de disparaître, bondissant comme un pique-chien des marais, si bien qu'il donnait l'impression de ne pas toucher terre.

Très habile à ce jeu, Tor-oô-ïî parvint pourtant à lui porter de nombreux coups de sa baguette à soufre et, au terme d'un ballet endiablé, lorsque à bout de souffle ils s'arrêtèrent enfin, Béni était couvert des stigmates jaunes infligés par son assaillant.

Lors des grandes fêtes oï-tîkiennes, la baguette à soufre était remplacée par une lame pointue et les champions des cités se livraient à des duels dont bien peu ressortaient vivants. Jordane frémit en pensant que si la baguette à soufre de Tor avait été une lame, le torse de Béni ne serait pas marqueté de jaune mais du rouge de son sang et que sa vie serait en passe de le quitter.

La gorge serrée, elle regarda les deux sauriens reprendre leur entraînement après avoir échangé leurs rôles.

La légèreté de leurs bonds contrastait avec l'impression de puissance que dégageaient leurs corps et créait un effet magnifique.

Ses écailles vertes exaltées par les marbrures jaunes, Béni ne cessait de tourner sur lui-même, mais ses mouvements, plus coulés que ceux de Tor-oô-ïî, conféraient à son allure une curieuse impression d'assise, de stabilité.

Bien campé sur ses jambes qui se pliaient et se détendaient sans cesse, sa queue tendue en arrière contrebalançant en permanence les déplacements de son poids, Béni tenait la baguette au bout de ses deux bras légèrement fléchis et se fendait en avant en la pointant de sa main droite ou de la gauche en fonction des apparitions de Tor.

Jordane s'entraînait à ce jeu depuis une semaine et elle y avait très rapidement pris goût.

L'espaceur ramenait celui qui s'exposait à son flux dans le passé. On pouvait le régler de une à dix secondes. « L'espacé », cessant d'être en concordance temporelle avec son assaillant pendant le laps de temps choisi, devait mettre ce dernier à profit pour se déplacer dans son passé de façon à modifier ses coordonnées spatiales. A la fin du délai imparti, il apparaissait simultanément dans le passé de l'assaillant et dans son présent, l'espaceur le remettant automatiquement en concordance temporelle.

Pendant toute la durée du jeu, « l'espacé » apparaissait donc simultanément avec son double temporel. Si l'assaillant arrivait à mémoriser l'emplacement exact où s'était trouvé le double deux laps de temps plus tôt, il pouvait le toucher au moment où il réapparaissait, en concordance.

Jordane avait eu du mal à assimiler la physique temporelle et les paradoxes qu'elle générait. Il lui était particulièrement difficile d'admettre qu'un vaisseau terrien parti explorer à vitesse infraluminique un système solaire éloigné de plusieurs centaines d'années-lumière pouvait, après avoir installé un convertisseur, et par le jeu des relais implantés dans les autres systèmes, revenir sur Terre avant le jour où il était parti.

En fait, les contrôleurs terriens s'arrangeaient pour faire correspondre le retour des vaisseaux d'exploration avec la durée subjective du voyage des astronautes. Lorsque le *Galilée* était arrivé dans le système de Rigel, près de neuf cents ans s'étaient écoulés sur Terre mais les explorateurs n'avaient vécu enfermés qu'un peu plus de deux mois.

Leur voyage de retour avait été instantané : magie des tachyons et de la simultanéité...

Pour Jordane, la physique temporelle restait un peu sorcière et elle dut réaliser un diagramme espace-temps pour réussir à comprendre le principe du jeu oï-tîkien.

Ne considérant que les apparitions de l'espacé, elle dessina une abscisse temps qu'elle divisa en sections correspondant aux intervalles de temps choisis (– 1, 0, + 1, + 2, + 3, + 4, etc.). A chaque seconde correspondait une ordonnée sur laquelle elle inscrivait les coordonnées spatiales de l'espacé et de son double.

Lorsque le jeu « commençait », l'espacé apparaissait, en tant que double temporel, en – 1 de l'abscisse et, en tant que joueur en concordance, en + 1 de l'abscisse. Il avait alors les mêmes coordonnées spatiales et si l'assaillant avait repéré son emplacement en – 1, il pouvait le toucher en + 1, deux secondes (réelles pour lui) plus tard.

L'espacé disparaissait alors pour réapparaître en tant que double temporel (après avoir modifié ses coordonnées spatiales initiales) en 0 et simultanément (pour lui) en tant que joueur concordant en + 2... et ainsi de suite.

Si le jeu ne requérait guère plus que de l'agilité pour l'espacé, il demandait par contre à l'assaillant une formidable concentration. Il était extrêmement malaisé de dissocier l'espacé de son double et encore plus difficile de toucher le premier en repérant la position du second de façon à s'en souvenir deux coups plus tard.

Au début, Jordane s'était lamentablement emmêlée dans ses repères spatio-temporels. Avec patience, Béni avait allongé ses laps de temps et veillé à ne pas trop brouiller ses coordonnées spatiales.

Grâce à son apprentissage des arts martiaux, la jeune fille avait vite réussi à se concentrer au point de n'être plus qu'attention absolue. Alors sa respiration s'approfondissait, ses pupilles s'étrécissaient, elle se déplaçait différemment (Béni l'avait joliment comparée à une fumée s'épanouissant dans un vent doux) et ses coups touchaient souvent au but.

Mais contrairement aux sauriens, elle préférait jouer le rôle de l'espacé. Elle ne s'en était pas lassé. Retourner dans le temps en côtoyant deux formes floues qu'elle savait être elle-même et Béni l'exaltait au-delà de toute mesure. Quant à ses impressions lorsqu'elle se retrouvait face à son double, elle n'avait pas de mots pour les décrire. Ses sensations originelles où l'éblouissement se mêlait à une sorte de terreur sacrée n'avaient rien perdu de leur force.

Les deux sauriens avaient fini par apercevoir la jeune fille et se dirigeaient vers elle.

– Tu joues ? lança Béni.

– Non, répondit Jordane avec une moue de regret car un coup d'œil à son chronord de poignet venait de lui rappeler l'heure.

– Pourquoi ? interrogea Béni avec sa curiosité coutumière.

– Ils vont diffuser le bulletin d'infos, je monte dans l'aérodyne.

– On peut venir avec toi ?

– Si vous voulez, accepta la jeune fille en haussant les épaules.

La cabine de Bellérophon était assez vaste pour les accueillir tous les trois. Jordane s'y réfugiait souvent pour se donner l'impression d'appartenir encore au monde des humains. Elle ne s'était pas servie de la radio pour tenter de joindre Southern City car elle craignait de se faire repérer, mais elle allumait tous les jours la télévision du tableau de bord, passant des retransmissions interunivers du TTT aux bulletins triquotidiens du Canal d'Information de Dante. Le CID n'offrait guère de surprises. Festifs ou météos, les calendriers de Southern City n'avaient rien de bien passionnant. Quant au reste des programmes, hormis de trop rares reportages planétaires, ils étaient pour la plupart achetés au TTT et donc, dans l'ensemble, parfaitement redondants.

Beaucoup plus fasciné par les mystères des coutumes humaines que par ceux de son espaceur, Béni rejoignait souvent Jordane dans l'habitacle. Ses exclamations et ses commentaires se révélaient toujours d'un comique irrésistible, lequel aidait momentanément la jeune fille à oublier sa situation de proscrit.

Jordane activa la télévision. Elle était en avance mais elle avait manqué le bulletin du matin et ne voulait prendre aucun risque. Jour après jour, elle s'était attendue à voir Justin Cryptobare apparaître sur le petit écran pour annoncer la destitution et le passage en jugement du Singe.

Si le légat ne lui avait pas donné de nouvelles, c'était sans doute parce qu'il avait réussi à libérer Ange des geôles de Guerric Le Hart?... Dans ce cas, il allait se manifester d'un moment à l'autre et Jordane pourrait enfin gagner Southern City en toute sécurité.

Elle sursauta de surprise en entendant le journaliste déclarer que, comme il l'avait annoncé le matin même, le bulletin d'informations de 13 heures avait été supprimé au profit d'une transmission TTT en astrovision. Toutes les planètes bénéficiant d'un relais allaient, simultanément, apprendre une découverte d'une importance interstellaire. Et si Dante avait pu choisir l'heure de l'émission, c'était parce que la planète elle-même et tout spécialement l'un de ses chercheurs en biologie étaient à l'origine de cette stupéfiante découverte.

La tête bourdonnant comme si elle venait subitement de devenir le nid d'un essaim de perce-cuir, Jordane appuya sur la touche « enregistrement » de la console. Elle imaginait trop bien de quoi il allait être question.

Pendant tout le générique du TTT, elle essaya de se persuader qu'elle se trompait, qu'elle ne tarderait pas à arrêter la bande enregistreuse pour l'effacer; mais dès les premières images, le doute n'était plus permis. Aux côtés de trois hommes, dont les têtes lui étaient vaguement familières, et de Lazare Le Brome, l'animateur vedette des émissions scientifiques du TTT, Jordane reconnut Ange, amaigri mais resplendissant d'orgueil.

– Enfer ! L'ignoble fumier ! gronda-t-elle en standard.

– Quoi ? interrogea Béni.

– Il se passe quelque chose de très grave. Je t'expliquerai tout à l'heure. Laisse-moi suivre l'émission, c'est très important.

Ayant brièvement rappelé qu'en raison du faible éloignement de son soleil, Rigil Kent – le plus proche voisin de la Terre après Proxima du Centaure –, Dante fut découverte avant l'invention des voyages supraluminiques et devint la première colonie terrienne, Lazare Le Brome donne quelques explications sur l'écosystème de la planète, montrant comment il a favorisé les reptiles, branche maîtresse de l'évolution, au détriment des mammifères, restés de très petite taille.

Il parle ensuite des « autochtones », une race de sauriens intelligents. Ce peuple – si l'on peut dire, vu le nombre restreint de ses individus (incise appuyée d'un clin d'œil dont Jordane ne parvient pas à décider s'il est : 1/ méprisant, 2/ supérieur, 3/ amusé... ou tout cela à la fois), ce peuple, reprend Lazare Le Brome –, qui mène une vie communautaire dans de curieuses cités bâties au flanc des volcans de l'hémisphère Nord –, ce peuple a de bien curieuses coutumes.

Suit une énumération des plus « marquantes », photos et bribes de films spectaculaires à l'appui, un matériel dont Jordane jurerait qu'il sort des archives de son père.

Dans le cockpit, Béni et Tor, ravis, saluent par des gloussements les apparitions des Oï-Tîkî à l'écran.

D'horreur, Jordane s'en bouche un moment les oreilles. Tant d'inconscience face aux calculs avides des humains ! Une petite voix grince dans sa tête cette ritournelle implacable : ils ne font pas le poids, pas le poids, pas le poids...

Lazare Le Brome a sélectionné tout ce qui, sorti du contexte, ne peut apparaître que résolument barbare aux humains. Nul doute qu'il n'ait atteint son but. Lorsqu'il commence son exposé sur le métabolisme des sauriens et leur formidable longévité, il ne doit plus y avoir un auditeur naïf pour éprouver encore quelque respect à l'égard de la culture oï-tîkienne.

Ange a manifestement compris la manœuvre. Il ouvre plusieurs fois la bouche, comme s'il allait intervenir, et finalement se tait, les yeux baissés. (Sur son remords ? Sa honte ?) Seuls signes visibles de son malaise : sa pâleur, ses doigts dont les jointures blanchissent sur les accoudoirs de son siège, et ce mouvement incessant de ses fesses sur le tissu damasquiné qui donne l'impression d'un inconfort total.

Ton corps lutte contre toi, mon petit Ange, pense Jordane. Si ta tête l'écoutait, tu partirais ailleurs, en vitesse, avant d'avoir commis l'irrémédiable.

Mais bien sûr, la jeune fille sait qu'il est désormais trop tard. Trop tard pour les Oï-Tîkî.

Ensuite, tout se passe très vite. Les trois savants illustres qui ont accepté de cautionner l'expérience en contrôlent le protocole. Ils ont eux-mêmes apporté le sérum Tabucci que le biologiste a décidé de s'injecter pour confirmer ses dires.

Pendant les préparatifs, Lazare Le Brome explique que la seringue contient une dose létale du sérum, laquelle, précise-t-il, provoquerait la dégradation d'un organisme humain normal au point de le tuer en quelques minutes. Pour que les téléspectateurs ne croient pas à un canular, les savants vont au préalable effectuer un test qui servira de démonstration.

On vient en effet d'amener sur une table d'expérience un pique-chien des marais. L'animal est étroitement garrotté mais sa terreur est telle qu'il parvient néanmoins à réaliser de véritables bonds. Des gants de cuir épais protégeant ses mains de l'épiderme aux épines vénéneuses, un assistant le maintient à grand-peine.

L'un des professeurs approche la seringue de la peau tendre et bleutée de la gorge.

Un gros plan de la tête aux yeux exorbités emplit tout l'écran, intolérable.

L'animal sursaute lorsque l'aiguille s'enfonce dans son épiderme. Son museau bâillonné reste muet mais le long hurlement que ne peuvent émettre ses cordes vocales se lit tout entier dans son regard.

Le savant n'a inoculé que quelques gouttes du liquide mais en quelques secondes le vieillissement du pique-chien devient visible, puis s'accélère.

La dégénérescence finale est ignoble et foudroyante. Muqueuses et derme virent de leurs bleus initiaux au grisâtre. Le corps se ratatine, les épines amollies se couchent, les plaques cornées du ventre se détachent, dénudant une chair d'un rose indéfini marbré de veinules.

L'animal cesse de se débattre et bascule dans la mort. Son agonie n'a pas duré deux minutes.

Suit un silence pénible que rompt la voix allègre de Lazare Le Brome proposant au héros du jour de se mettre sur la sellette à son tour.

L'animateur a déjà expérimenté les effets ou plutôt l'absence d'effets sur Ange du sérum Tabucci. Il ne voulait prendre aucun risque. Et s'il avait eu affaire à un fou obsédé par l'idée de se décomposer devant des milliards de téléspectateurs ?

Pour Lazare Le Brome, il n'y a donc plus de suspense et il se sent léger et tranquille.

On ne saurait en dire autant du savant qui s'apprête à perforer la veine offerte d'Ange Costel. Le teint blafard et luisant de sueur, la main agitée d'un tremblement nerveux, il regarde la seringue comme s'il ne voulait pas croire à son contenu. Finalement ses nerfs craquent et, tournant le dos aux caméras, il tend la main armée de la seringue vers les deux autres savants, provoquant chez ces derniers un mouvement de recul perceptible.

Enfin l'un des deux se décide et enfonce d'un geste résolu l'aiguille dans le bras d'Ange, lequel a détourné la tête, créant involontairement un nouvel effet dramatique.

Jordane elle-même cède à ce suspense. Sa lèvre

inférieure pend, ses yeux sont arrondis, ses mains crispées sur ses genoux, et elle retient son souffle. Elle attend, elle attend, mais Ange demeure égal à lui-même. Les yeux dans le vide, un sourire lointain esquissé et comme suspendu sur ses lèvres, il attend lui aussi, parfaitement immobile, le verdict des savants.

Deux interminables minutes s'écoulent dans un silence absolu, puis l'un des savants toussote comme s'il hésitait à rompre tant de recueillement et prend enfin la parole pour exprimer sa satisfaction devant la conclusion heureuse de l'expérience.

Un brouhaha libère le plateau du studio de la tension accumulée et le biologiste devient la cible d'un faisceau de questions.

Jordane, dont l'attention s'était relâchée un instant, se reconcentre sur les réponses de son tuteur.

Très à l'aise, celui-ci évite les pièges, parlant de son exil et de ses années de recherches plutôt que de la découverte elle-même.

La discussion s'éternise sans progresser d'un iota et la jeune fille commence à se détendre lorsque Lazare Le Brome qui attendait son heure ouvre enfin sa trappe.

– Si je ne me trompe, professeur, avance-t-il avec emphase, la résine hallucinogène des Oï-Tîkî est mortelle pour les humains. Elle ne peut donc nous rendre immortels qu'après avoir été transformée ?

Mis en confiance, Ange avance imprudemment. La trappe est grande ouverte, il s'y engouffre.

– C'est exactement cela. Il faut au préalable qu'elle soit métabolisée par les Oï-Tîkî...

Il s'est trahi. Son visage pâli devient graduellement rouge vif.

– Et quel en est le processus ? insiste Lazare Le Brome.

– Le sérum est-il composé à partir du sang oï-tîkien ? interroge l'un des savants.

– Le trouve-t-on dans certaines glandes ? demande un autre.

Atterré, Ange balbutie, murmure des mots inaudibles, finit par se reprendre.

– Vous comprendrez, j'espère, que je ne puisse vous en dire plus. Le secret de ma découverte doit être protégé si nous ne voulons pas mettre tout un peuple en danger.

– Ces cannibales ! s'exclame Le Brome sur un ton extraordinairement méprisant.

– Ces « cannibales », comme vous dites, le reprend sévèrement l'un des savants, sont des êtres pensants, tout comme vous, mieux que vous peut-être. Différence ne signifie pas infériorité. Le racisme est la porte ouverte au génocide, souvenez-vous-en.

C'était fini. Le générique de l'émission se superposa sur les images du studio où Ange se levait, cerné par les savants et par des journalistes qui venaient de faire irruption sur le plateau et que le service d'ordre tentait de refouler.

Jordane regardait son tuteur, les yeux exorbités, et lorsqu'il disparut de l'écran, remplacé par des personnalités invitées pour donner leur avis sur les implications d'une aussi formidable découverte, elle continua de regarder, sans voir et sans entendre, et elle semblait si perdue que Béni, inquiet, éprouva le besoin de lui secouer le bras.

– Jor-ân' ? interrogea-t-il. Que se passe-t-il ?

La jeune fille revint à elle, jeta un regard effrayé aux deux sauriens et détourna la tête.

– Ce qui se passe ? murmura-t-elle d'une voix

blanche. Ange Costel, que vous croyez votre ami, a trouvé le secret de votre longévité. Pour l'appliquer à l'homme, il faut se servir des cristaux que votre vésicule fabrique. Comprends-tu ce que ça signifie? Même en admettant que la fabrication du sérum ne nécessite qu'une fraction infime de ces cristaux, il y a trente milliards d'humains... et vous n'êtes que trente millions!

– Alors, ça y est! s'exclama Béni.

Jordane regarda le saurien avec stupéfaction. Elle aurait juré qu'il se réjouissait de la nouvelle.

– Que veux-tu dire par « ça y est »?

– Les anciens l'avaient prévu.

– Quoi?

– Eh bien oui! C'était un de nos futurs possibles. Les anciens m'en ont parlé parce que dans celui-là, je dois jouer un rôle.

– Un rôle?

– Oui. Je ne sais pas encore quoi, mais dans ce futur-là, j'entre dans le jeu.

– Béni! Ce n'est pas un jeu! Votre race est en danger, ne peux-tu comprendre ça? C'est une question de vie ou de mort!

– Pour nous, la vie et la mort sont un jeu, tu devrais le savoir. Sinon, où serait le plaisir?

– Je ne comprendrai jamais rien à votre philosophie, gémit Jordane. En attendant, nous ferions mieux d'aller prévenir les anciens.

– Oh, quelqu'un doit être en train de s'en occuper, en ce moment.

– Comment cela?

– Les Oï-Tîkî ont un central, dans les Hautes Terres, où ils se relaient pour collecter toutes les nouvelles, informations, données géographiques, géothermiques, enfin tout ce que tu peux imaginer. Avant les Terriens, il fonctionnait seulement à l'échelon planétaire. Depuis, il enregistre aussi en permanence les radiations émises par les humains. D'où crois-tu que viennent nos hologrammes ?

– Mais alors, vous parlez notre langue ?

– Seulement quelques anciens.

– Pourquoi pas tous ?

– Ils peuvent l'apprendre très vite, s'ils en ont le désir. Mais je suppose qu'ils n'en voient pas l'intérêt.

– Et ma télévision ? Elle t'intéresse bien, que je sache ! Comment se fait-il qu'il n'y en ait aucune dans toute la pyropole ?

– Les anciens trouvent la culture des humains négative.

– Ils craignent la contamination ? Pauvres petits lézards pollués par les hommes... Ils n'ont peut-être pas tort. Mais alors, pourquoi t'ont-ils laissé regarder la mienne ?

– Parce que dans un des futurs possibles, je dois entrer directement en contact avec des groupes humains. Pour me familiariser, si tu veux.

Aucun doute, Béni jubilait. La dramatisation lui était inconnue. Pour lui, toute cette histoire n'était rien d'autre que le début d'un jeu. Et ce jeu allait lui permettre de plonger dans un inconnu extraordinairement excitant. De toute façon, il n'avait aucun moyen de mesurer les enjeux en cause. Jordane se demanda si la prise de conscience de ces enjeux aurait modifié l'attitude du saurien. Elle soupira en concluant par la négative.

– Si nous allions voir les anciens ? proposa-t-elle. Ils feront peut-être preuve de plus de réalisme ?

⁂

Ces damnés lézards étaient complètement irresponsables ! Jordane avait suffoqué lorsqu'ils lui avaient expliqué que Béni serait leur ambassadeur. Un jeune à peine sorti du nid ! Quand il y avait tant d'anciens qui n'avaient rien d'autre à faire que se prélasser au soleil ! La jeune fille s'était demandé si par hasard on ne se moquait pas d'elle. Elle avait scruté à s'en irriter les yeux les faciès des vieux Oï-Tîkî, mais leur physionomie, indéchiffrable, n'avait rien trahi de leurs sentiments ni de leurs intentions.

Mais pourquoi ? Pourquoi ? Elle s'était insurgée, avait exigé de comprendre...

Tous les Oï-Tîkî se valaient, lui avait-on expliqué. Béni avait mérité l'amputation de sa corne et on allait exciser celle-ci sans attendre la cérémonie prévue. Dans trois jours, lorsque la cicatrisation serait satisfaisante, le jeune saurien pourrait partir pour Southern City. Entre-temps, les anciens lui auraient appris tout ce qu'il devait savoir.

Pourquoi justement Béni ? Mais parce qu'il avait, grâce à sa rencontre avec Jordane, appréhendé les modes de pensée et les manières d'être des humains. Même si la jeune fille n'était pas absolument représentative de sa race dans son ensemble, elle constituait, en elle-même, une entrée en matière suffisante. Et grâce à elle, Béni prendrait directement contact avec celui qui détenait désormais le pouvoir : Ange Costel.

Jordane avait failli affirmer aux anciens que, malheureusement, le sort de leur race n'était plus entre les mains d'Ange mais elle s'était mordu la lèvre pour, à la dernière seconde, sceller sa bouche.

De quoi pouvait-elle être sûre ? Et qui était-elle pour conseiller ces lézards ?

Elle avait marmonné qu'elle allait appeler par radio son tuteur mais ils l'en avaient dissuadée. Ils avaient appris – comment ? – les difficultés d'Ange avec Guerric Le Hart et pensaient que toute communication planétaire avec le biologiste serait aussitôt interceptée. Si Ange avait réussi à obtenir la protection du TTT, Jordane, elle, se trouvait toujours sous la juridiction du primat. Ce dernier ne laisserait pas échapper l'occasion de faire pression sur le détenteur de l'immortalité par l'intermédiaire de sa pupille. Jordane devait donc prendre le risque d'arriver sans prévenir à Southern City. Elle emmènerait Béni avec elle dans l'aérodyne. Sa présence constituerait peut-être une protection diplomatique.

– Mais je suis incapable de conduire Bellérophon ! Ce petit bolide n'a vraiment rien à voir avec un orthoptère !

L'ancien avait cligné de l'œil (cette fois, Jordane distingua l'éclair de malice qui plissait la paupière) et il avait affirmé que si elle consentait à suivre Béni en salle d'induction, elle apprendrait très vite à se servir de l'aérodyne.

12

Au volant de Bellérophon, Jordane approchait de Southern City. Elle se sentait très frustrée car ses gestes s'enchaînaient les uns aux autres comme une mécanique bien huilée mais elle était incapable de s'expliquer rationnellement comment elle faisait pour conduire. Cela lui donnait l'impression fâcheuse d'avoir été manipulée. Elle ne se rappelait rien de ce que le casque d'induction lui avait fait ingurgiter.

Les lèvres serrées, furieuse contre elle-même de se laisser aller jusqu'à envisager une trahison de l'ancien, elle jeta un regard à Béni qui dormait.

Modelés sur l'anatomie humaine, les fauteuils de l'habitacle accueillaient mal l'encombrante queue oï-tîkienne et le saurien s'était tourné et retourné longtemps sur son siège en se plaignant de son inconfort. Epuisé par l'apprentissage qui lui avait été infligé jour et nuit, il avait pourtant fini par s'endormir.

Jordane admira l'abandon gracieux de ce corps à la fois si proche dans ses proportions et si différent du sien. A l'endroit où la corne avait été excisée, trois jours plus tôt, la peau s'était déjà reconstituée et présentait un dégradé concentrique de roses, de jaunes et de vert clair. Jordane crut voir un suintement mais ce n'était qu'un scintillement de la peau, très lisse et très brillante car elle n'avait pas encore reconstitué des écailles.

La jeune fille frissonna. Elle n'arrivait pas à s'expliquer ce sentiment mais elle se sentait responsable de Béni. Elle ne parvenait pas à s'empêcher de trembler pour lui. Pourtant elle serait bientôt sur Terango et tout ceci ne la concernerait plus. Son sentimentalisme était outrancier et, de toute façon, elle n'avait aucun moyen d'arrêter la machine broyeuse que son tuteur venait de mettre en route.

Elle jeta un coup d'œil à la lourde bague qui ornait son index gauche : un inducteur de stase.

— Dans les futurs proches, le plus probable est celui où le primat vous arrête à votre arrivée, leur a expliqué l'ancien. Vous ne vous servirez de vos bagues que s'il devient évident qu'on a l'intention de vous retenir prisonniers. Nous ne connaissons pas les effets de l'enfermement sur un membre de notre race mais il nous semble évident qu'ils ne peuvent entraîner rien de bon.

Jordane se rappelle avoir appuyé sur la bague avec son pouce gauche, comme l'ancien le lui enjoignait, et sa stupéfaction lorsque tout s'est figé autour d'elle. L'espoir était de retour lorsque la vie a repris ses droits sur le terre-plein.

– Mais si vous maîtrisez le temps, a-t-elle demandé, pourquoi ne pas fuir dans votre passé, bien avant l'arrivée des Terriens ?

– C'est impossible. Et même si nous le pouvions, nous ne le voudrions pas. Tôt ou tard, les Terriens doivent envahir Tîkî, et poser le même problème, inchangé. Les problèmes sont faits pour être résolus et ils doivent l'être dans le moment temporel où ils se posent. Reculer ne sert à rien.

– Et l'avenir ? demande Jordane qui ne perd pas courage.

Un nouvel éclair de malice fait cligner la paupière droite de l'ancien. Contrôle-t-il cet œil moins bien que l'autre ?

– Si les Terriens gagnent à leur petit jeu, l'avenir sera encore moins intéressant que notre passé, n'est-ce pas ? Nous n'avons jamais éprouvé le besoin d'en faire l'expérience mais nous pensons que le passé et l'avenir sont des zones instables pour le voyageur temporel et qu'au bout d'un certain... disons « temps », son présent le rappelle. On ne peut pas créer de « trous » durables dans le continuum spatiotemporel et nous avons vérifié qu'il est impossible de le modifier en profondeur sans créer un nouveau continuum espace-temps, indépendant. Ce continuum, vous ne pouvez pas y pénétrer. Vous l'avez créé, mais il n'est pas coexistant au vôtre. En aucun cas, il ne peut être un refuge.

– Mais cet avenir ? Vous pouvez au moins le connaître et adapter des stratégies en conséquence ?

– *Notre* avenir ne peut pas être modifié. Alors à quoi bon le connaître et se priver de l'éventail des probabilités ? Où serait le jeu ? Le plaisir ?

– Bon sang ! Tant de pouvoir et vous n'avez même pas une arme, une bonne petite arme qui leur ferait bien peur et les tiendrait loin de vous ?

– Nous n'avons pas de bombes atomiques, et si les humains le voulaient, ils pourraient nous exterminer sans craindre de représailles. Mais ce faisant, ne perdraient-ils pas l'objet de leur convoitise ?

– Tout de même, il y a bien une solution ! Si vous leur montriez certaines facettes de vos pouvoirs, cela les dissuaderait peut-être de s'attaquer à vous ? Les Oï-Tîkî, pour eux, c'est une bande de cannibales arriérés. Ils ne connaissent rien de votre technologie.

– Nous avons longuement analysé ce problème et sommes arrivés à des conclusions assez effrayantes. Si les humains avaient la preuve de notre supériorité technologique, sans doute nous supprimeraient-ils par dépit. Pour que nous ne puissions pas plus qu'eux bénéficier de l'immortalité...

Jordane approchait de Southern City.

Sur le tableau de bord, le témoin radio s'alluma et, non sans faire la grimace, elle se résigna à entrer en contact avec le Contrôle Aérien de la Ville.

Elle avait d'abord imaginé prétexter une panne, ou donner une immatriculation fantaisiste, mais il y avait assez peu d'aérodynes sur Dante et en cas de vérification, elle ne réussirait qu'à focaliser l'attention sur elle.

Elle s'identifia donc et demanda l'autorisation de se poser dans le parking du TTT, priant pour que le CAV ne lui demande pas de précisions.

C'était compter sans le caractère fouineur de l'administration du Singe. Trois minutes plus tard, on lui refusait l'autorisation d'atterrir au TTT sous prétexte « qu'elle n'était pas attendue ».

Elle s'en voulut de s'être aussi grossièrement fourvoyée. Elle aurait dû demander n'importe quel parking à l'exception de celui-là. Puis, continuant à réfléchir, elle réalisa qu'en trois minutes, le contrôleur ne pouvait pas avoir eu le temps matériel de joindre le TTT et d'en obtenir une réponse. Il avait consulté une liste, sur laquelle, bien sûr, Bellérophon devait être pointé en rouge aux côtés des noms d'Ange Costel et de Jordane Ibère. En ce moment, il attendait les consignes du Singe, lequel devait jubiler.

Elle pensa se poser en force, mais le risque lui parut disproportionné. Si elle se mettait réellement en infraction, elle perdrait toutes ses chances de bénéficier de la protection du TTT.

Le témoin radio se mit à clignoter et elle appuya un doigt rageur sur la touche de transmission.

– Contrôle à XGT-120, Contrôle à XGT- 120...

– XGT-120, j'écoute.

– Passez en automat, nous relayons. Vous atterrissez au siège primatial. Son Excellence souhaite s'entretenir avec vous.

– J'accepte cet entretien, mais auparavant vous devez me brancher sur le poste de mon tuteur, Ange Costel, au TTT... Contrôle ?... Contrôle, vous m'entendez ?

Seul un crachotis répondit à Jordane qui se mit à hurler dans le vide :

– Bon Dieu ! Je ne suis pas toute seule ! J'ai un ambassadeur oï-tîkien avec moi !

– Que se passe-t-il ? On est arrivés ? demanda Béni, réveillé par les cris et qui s'étirait en se grattant.

– C'est une conception optimiste de la chose, acquiesça Jordane sans décolérer.

⁂

Ravissante ! Votre mère devait être très belle. Vous n'avez vraiment rien de Joris Ibère. Ce rustre !

– Ce rustre était mon père et vous l'avez tué !

La réplique de Jordane fit sourire Guerric Le Hart. Il semblait très à l'aise dans ce climat agressif. Il appuya un doigt sur un bouton de la console derrière laquelle il était assis et un serviteur en livrée noire et or entra dans la salle.

– Apportez une robe pour cette jeune personne, ordonna le primat. Cette combinaison masque par trop ses formes.

– Pour la dernière fois, j'exige que vous préveniez mon tuteur de ma présence ici et que vous teniez compte de l'arrivée de cet ambassadeur des Oï-Tîkî.

– Vos désirs sont des ordres, ma chère enfant; après tout, avant de vous jeter en prison, je peux bien vous accorder le plaisir d'assister à mon entretien visiophonique avec votre tuteur.

Tout en parlant, le Singe avait composé le numéro du TTT sur la console. Des ombres cruelles se dessinèrent sur son visage lorsque le vidécran s'éclaira.

– Je désire parler à Ser Costel.

– Mais bien sûr, Votre Excellence.

– ...

– Ah ! Mon cher Ange. Nous nous sommes quittés de façon tellement... impromptue, la dernière fois que nous nous sommes vus. Croyez que j'en éprouve du regret et que je souhaite vous revoir le plus tôt possible.

– Je crains de décevoir Votre Excellence, intervint la voix chargée d'ironie du biologiste.

Comme Votre Excellence le sait, je suis une valeur qu'il faut protéger et le TTT rechigne dès que j'énonce le mot « Sortie ».

– Comme je le comprends ! Mais votre pupille est ici, en ce moment, et elle insiste pour que je vous en prévienne. Je pense être obligé de l'inculper. Quel dommage ! Une si ravissante enfant !

– Quoi ! rugit la voix d'Ange Costel. Jordane est chez vous ?

– Absolument. Elle accompagne un de ces lézards de Dante, vous savez bien, ceux qui vivent si longtemps. Si vous veniez me rejoindre, nous pourrions peut-être l'utiliser pour quelques travaux pratiques ?

L'épiderme du Singe était rose de bonheur.

Jordane lança un regard à Béni, attrapa sa main gauche et appuya fermement chacun de ses pouces sur les deux index bagués.

Tout s'arrêta. Les gardes restèrent figés comme des soldats de plomb, le valet qui rentrait avec la robe réclamée s'immobilisa sur la pointe d'un pied, réalisant un équilibre impossible, et Guerric Le Hart, une main en l'air comme pour un salut fasciste – que s'apprêtait-il à faire ? Taper sur la console ? Pour interrompre la communication, peut-être ? – se mit à ressembler à une caricature car tout le côté droit de son visage était tordu dans un rictus d'intense satisfaction.

– Ouf ! murmura Jordane, impressionnée par le silence absolu qui avait succédé au brouhaha de la ville. Tu me relayes ? Je vais me fatiguer vite si je dois appuyer sur nos deux index à la fois. Prêt ? Attention à ne pas interrompre la stase !

Libérée, la jeune fille tourna autour du primat en poussant de petits gloussements de joie. Elle pointa sur lui une arme imaginaire et s'exclama :

– Tout de même, le tuer, là, pendant qu'il est

sans défense, comme il a tué mon père, quelle tentation !

– Ça ne serait pas drôle, protesta Béni. Et puis, je n'en suis pas tout à fait sûr mais je crois que ça ne changerait rien pour nous.

– Cette histoire de continuum, hein ? Ça ne fait rien, ce sera pour une autre fois. Dépêchons-nous de gagner l'enceinte du TTT, mon pouce se fatigue.

⁂

– Le Hart ? Le Hart ? Bon Dieu, cette ordure vient de couper ! s'exclama Ange d'une voix que l'angoisse chargeait d'aigus.

– Coucou ! dit quelqu'un derrière lui.

Le biologiste sursauta comme s'il venait d'être frappé, se retourna et se mit à se comprimer la poitrine, à l'emplacement du cœur, tandis que son visage se décolorait.

– Seigneur, quel cauchemar ! gémit-il d'une voix éteinte.

– Rassure-toi, tu ne rêves pas, c'est bien moi ; enfin, c'est bien nous. Le « lézard » et moi, quoi ! Au fait, je te présente l'ambassadeur des Oï-Tîkî.

– Ce n'est pas vrai !

– Mais si, mais si, remets-toi. Je sais bien que nous aurions pu éviter de sortir sous ton nez comme des diables d'une boîte, mais je n'étais pas sûre que les gardes du TTT réagiraient mieux.

– Mais d'où arrives-tu ? Le Singe vient de m'apprendre qu'il te détient prisonnière et je te retrouve ici. Comment es-tu entrée ?

– Dans le temps.

– Quoi ?

– Je sors du temps. T'inquiète pas, c'est un paradoxe. En ce moment, le Singe est aussi surpris de ma disparition que toi de mon apparition.

– Seigneur ! Mais de quoi parles-tu ?

– Tu devrais bien savoir que les Oï-Tîkî ont des talents cachés. Nous venons d'utiliser une de leurs trouvailles : la stase temporelle.

– Je n'y comprends rien, geignit Ange en se comprimant la tête des deux mains comme pour contenir une migraine naissante.

– Si ça peut te consoler, je ne suis moi-même pas du tout sûre de comprendre.

– Enfin, l'essentiel, c'est que tu sois ici, soupira le biologiste dont le visage recouvrait graduellement ses couleurs. Ce Singe m'a fichu une de ces frousses ! Je me voyais à nouveau dépendre de lui.

– Tout ça pour moi ? Après ce que tu as fait aux Oï-Tîkî, je t'aurais cru moins altruiste !

– Tu es la fille de Joris Ibère, tout de même ! Je n'ai jamais eu d'autre ami.

– Il a payé bien cher cette amitié.

– Ne sois pas dure, Jordane. Ce n'est pas moi qui l'ai tué.

– Mais si, c'est toi. C'est ton orgueil insensé ! Et Joris ne t'a pas suffi, il faut encore que tu sacrifies les Oï-Tîkî !

– Préférerais-tu que Joris soit mort pour rien ?

– Oui ! Cent fois oui ! Et ne te sers pas de la mort de mon père pour justifier ce que tu viens de faire. C'est répugnant ! Tu sais pertinemment qu'il ne t'aurait jamais laissé faire. Il les aimait, lui, les Oï-Tîkî.

Un silence pesant s'installait dans la pièce.

Mal à l'aise, Béni se leva et se mit à faire le tour des lieux, examinant chaque objet comme s'il s'agissait d'une pièce de musée.

– Et que fait-il ici, celui-là ? demanda Ange, plus pour mettre fin au silence que par réelle curiosité.

– Je te l'ai déjà dit, répondit Jordane avec impatience. C'est l'ambassadeur des Oï-Tîkî.

– Mais c'est un jeune ! La cicatrice de sa corne est toute fraîche.

– Eh oui ! Si tu connaissais mieux le peuple que tu vas pressurer, tu saurais que chez eux, la hiérarchie n'existe pas. Pour remplir une fonction, il suffit d'avoir les compétences requises.

13

Il avait travaillé toute la journée dans le laboratoire mis à sa disposition par le TTT. Il revenait à son appartement et des points brillants constellaient le couloir devant ses yeux. Tout d'un coup, un voile noir obscurcit sa vision; il chancela et s'écroula lourdement contre une porte mal fermée qui s'ouvrit sous son poids.

Lorsqu'il reprit conscience, il éprouva une sensation curieuse. Il flottait dans un océan de sons indéfinis, libéré de la pesanteur, et il était une note très pure s'effilant dans l'espace jusqu'à devenir si ténue, si ténue, qu'elle allait disparaître, se fondre dans la vague du bruit.

Il ne voulait pas disparaître. Il redevint Ange Costel et ouvrit les yeux.

– Simple surmenage, décrétait un grand type qui arborait le crâne épilé du corps médical.

Ange remarqua avec amusement son tatouage en losange. Un gynécologue ! N'avaient-ils trouvé personne d'autre pour le soigner ?

– Où suis-je ? interrogea-t-il avec un manque total d'imagination.

– Dans ma chambre, intervint Marilys en s'interposant dans son champ de vision. Tu viens de t'y effondrer. Tu as de la chance que Constant se soit justement trouvé là.

– Je dois partir, grommela le médic.

Et Ange remarqua simultanément son air gêné, sa sortie qui ressemblait à une fuite et le déshabillé suggestif que portait Marilys.

– C'est ton amant ? demanda-t-il en se relevant lourdement.

Il n'avait pu résister au désir d'obtenir une confirmation. Elle lui jeta un regard mi-amusé, mi-méprisant et haussa les épaules.

– Bien sûr, c'est mon amant. L'un de mes amants.

Elle s'était assise sur le lit et l'observait, penchée en avant, attitude qui dévoilait largement ses seins parfaits dans l'échancrure bâillante du décolleté, et Ange ne réussissait pas à détacher ses yeux de ce spectacle provocant.

Elle remarqua son regard et se rejeta en arrière comme pour cacher sa poitrine à tant de convoitise. Mais, ce faisant, elle avait écarté les jambes et son sexe apparut, barbouillé de couleurs agressives.

Ange sentit les battements de son cœur s'accélérer et son visage s'empourprer.

Eût-il réfléchi, sans doute se fût-il contrôlé; Marilys ne l'attirait pas particulièrement, d'habitude. Mais il ne réfléchit pas, démagnétisa sa combinaison souillée par les travaux du laboratoire, et se précipita sur la jeune femme.

Celle-ci tenta de le repousser mais il avait recouvré ses forces et tout en tentant furieusement d'écarter les cuisses qui lui résistaient, il se mit à gronder :

– Salope, salope, sale putain, tu vas t'ouvrir, oui ?

Il pensa qu'elle lui cédait enfin en sentant la main fine aux ongles aigus sur sa nuque. Un doigt glissa le long de ses vertèbres cervicales, appuya...

Aveuglé par un éclair rouge, Ange glissa dans l'inconscience.

Il revint à lui avec une atroce envie de vomir. Marilys le giflait sans ménagement avec une serviette mouillée et il bascula sur le ventre pour soustraire son visage à ces coups. Impitoyable, Marilys le remit sur le dos d'un coup de pied. Elle s'était arrêtée de frapper et, debout, les jambes écartées, le déshabillé ouvert sur sa nudité, elle affectait une attitude de franche domination qui la réjouissait visiblement.

– Tu vois, la violence ne réussit pas toujours, affirma-t-elle avec satisfaction. On ne me prend que si je me donne. Et souviens-toi bien de ça : si quelqu'un est la putain de l'autre, dans cette chambre, c'est toi. Tu ferais mieux de ne pas oublier à quel point tu dépends de moi.

Ange parvint à s'asseoir, ce qui eut pour effet d'atténuer son vertige digestif. Il explora avec prudence la blessure faite à son amour-propre et gémit en réalisant qu'elle ne se cicatriserait pas de sitôt. Comment avait-il pu se laisser aller à ce point ?

– Pourquoi m'as-tu provoqué si c'était pour me repousser ? grogna-t-il, tentant désespérément de faire basculer la culpabilité dans le camp adverse.

– Par calcul. Pour me venger. Le plaisir que ta frustration vient de me procurer a quelque chose d'infini. Il m'ouvre des portes. Les portes de la jouissance spirituelle, si tu veux. A côté de ça, le plaisir sexuel équivaut au néant.

– Mais tu couches bien avec des hommes ?

– Oui. Je suppose que c'est une façon de me prouver que j'existe. Ce pouvoir que j'exerce sur eux m'aide à vivre. J'aime par-dessus tout le moment où ils me sont devenus suffisamment attachés pour que je puisse les jeter. Tu comprends ? Je les use et je les jette et leur souffrance me nourrit. Je suis Lyse la goule. Je ne dévore pas leurs corps mais leurs esprits.

– Mais pourquoi eux et pas moi ?

– Les comptes rendus des narco-analyses m'ont appris à te connaître. Tu n'es rien d'autre qu'un ego hypertrophié. Tu es beaucoup trop narcissique pour aimer de façon désintéressée. Comment le pourrais-tu ? Tu n'es amoureux que de toi-même. Te laisser coucher avec moi, ce serait te permettre de reprendre ce pouvoir dont je t'ai dépossédé; d'une certaine manière, tu cesserais de dépendre de moi. En cherchant à me violer, tout à l'heure, tu voulais m'asservir, me réduire à un corps qui serait ton objet. C'était une façon de changer le sens de notre dépendance. Tu as échoué et je sais que tu en resteras à jamais ulcéré. J'en éprouve une satisfaction extrême qui me paye les mois passés à me soumettre au primat. En quelque sorte, c'est une réparation. Tu viens de boucher le trou que Guerric Le Hart avait ouvert en moi.

Ecrasé par son sentiment d'impuissance, sa tête formant un angle mou avec l'arc voûté de ses épaules, Ange sortit dans le couloir aux lueurs mornes et regagna ses appartements.

La structure moelleuse d'un périfauteuil l'accueillit sans parvenir à le détendre. Son corps lui faisait l'effet d'être un ramassis de nœuds exécutés par ses nerfs en dépit du bon sens. D'ailleurs les parois recouvertes de psycholor qui l'entouraient étaient passées du neutre à une définition mauve dès son entrée dans la pièce. Calme et relaxation. L'entité-résine qui couvrait les murs s'était presque instantanément adaptée pour lutter contre l'angoisse déferlante de l'envahisseur humain. D'en prendre conscience permit à Ange de se décontracter un peu. Les murs évoluèrent vers un violet plus soutenu.

Sur la table modulaire, presque entièrement déployée, un amoncellement de micro-cassettes annonçait des messages innombrables.

Découragé, Ange haussa les épaules. Il était au fond de l'impasse. Obligé de travailler seul sous peine de trahir son secret, il ne pourrait jamais répondre à la formidable demande en provenance de l'univers tout entier.

Trois jours auparavant, il avait opéré quelques Oï-Tîkî à Beaurepaire avec le sentiment amer que le fruit de toutes ces années de travail allait lui échapper. Car il serait bien obligé, en définitive, de prendre des assistants. Il s'était trop précipité. Il avait voulu aller trop vite et maintenant, il faudrait aller encore plus vite.

Où qu'il se tournât, il se heurtait à un mur. Jordane et Marilys, chacune à leur manière, le bafouaient sans cesse. L'Oï-Tîkî était de l'autre côté d'un abîme infranchissable. Et quand Ange rencontrait quelqu'un qui ne manifestait pas ouvertement son hostilité contre lui, c'était Lazare Le Brome ou quelque autre individu tout aussi méprisable.

Ange se mit à penser au suicide et les parois virèrent à l'orangé. Il soupira de frustration. N'était-il pas trop tard ? Beaucoup trop tard ?

Mourir maintenant... Quelle lâcheté ! Quelle démission ! Il avait mis la machine en marche et il en assumerait jusqu'au bout les conséquences, dût-elle se révéler engin de guerre.

Mais comment vivre en se sentant aussi seul, aussi abandonné de tout ?

Ange gémit en pensant à Léon. Le vieil ordi de surveillance, pour inanimé qu'il fût, lui manquait. Il se promit de le faire rapatrier à Southern City.

⁂

Prisonnier dans sa propre chambre ! Alors qu'il se croyait hier encore inaccessible et au-dessus des lois ! Comment le nonce du pape avait-il pu l'inculper aussi vite ?

Avec rage, Guerric Le Hart arpentait l'espace en tous sens; on ne lui avait pas permis d'autre exutoire, ses drogues et ses esclaves lui avaient été supprimés et il ne pouvait tout de même pas s'en prendre au veier qui le surveillait d'un air goguenard : l'officier de justice appartenait au nouveau groupe sélectionné par la Commission d'enquête papale lorsqu'il était devenu évident que les anciens veiers étaient des mercenaires à la solde du primat.

Pie XIV avait la réputation de ne pas tolérer la corruption de fonctionnaires. Laquelle pèserait sans doute aussi lourd que le meurtre du légat dans l'acte d'accusation qui allait, tout à l'heure, exposer les crimes imputés au primat.

Ce dernier ne parvenait pas à croire en l'éventualité d'un verdict sans appel. Après tout, de quoi le nouveau légat disposait-il pour le faire condamner ? Les témoignages ne suffisaient pas. Pas une des victimes de Le Hart ne sortirait de sa tombe pour venir l'accuser dans l'enceinte du Palais de Justice. Et quant à leurs familles, il serait aisé d'expliquer que l'on pouvait à juste titre les soupçonner de partialité.

Le primat craignait depuis trop longtemps un contrôle pour ne pas avoir pris ses précautions. Les gardes de son palais et les PC de Dante avaient tous subi une opération qui les rendait incapables de mémoriser au-delà de trois jours. Bien sûr, on allait l'attaquer sur ce point. Mais les PC étaient d'anciens criminels qui avaient signé des décharges devant l'Office des veiers. Mieux vaut vivre lobotomisé que mourir, surtout lorsque cela vous permet de vous réhabiliter et de trouver un travail. En somme, en les faisant opérer, Guerric Le Hart pouvait prétendre avoir manifesté des sentiments altruistes... Bien sûr, on lui rétorquerait qu'il aurait dû demander un accord préalable au Top-Contrôle terrien. Il répondrait que cet accord lui aurait été refusé en raison de motifs humanitaires qui, s'ils étaient parfaitement valables sur la Terre, lui paraissaient pour le moins irréalistes sur une planète telle que Dante.

Allons, c'était sûr, il sauverait sa tête. Tout ce que la Commission d'enquête voulait, c'était le faire destituer... et pour cela, il fallait bien le condamner à quelque peine. Le jeu des cautions aidant, il serait vite libéré. Les richesses qu'il avait accumulées sous le couvert de sa charge représentaient une fortune colossale. Il ne lui serait pas difficile de poursuivre sa vie sur une planète plus hospitalière, après avoir acquis l'immortalité, évidemment.

Rassuré, il s'assit devant sa coiffeuse dont les bois précieux étaient incrustés de fines marqueteries représentant des scènes galantes, et sourit à son reflet dans le miroir. Ce sourire fut remplacé par une grimace. Pouvait-il réellement être aussi pâle ? Même ses lèvres étaient décolorées.

Il décida d'user de quelques fards pour faire meilleure impression à la Cour, couvrit d'un fond de teint fluide et doré ses joues dont il creusa les méplats avec une poudre brique et souligna ses pommettes d'un rose sombre qui vint également teinter ses lèvres et son arcade sourcilière.

Ce maquillage terminé, il avait meilleure mine et se sentait plus sûr de lui. Il apportait une ultime retouche à son menton aux chairs amollies malgré la chirurgie plastique et remarquait le tremblement de sa main lorsqu'on frappa à la porte. Son cœur s'arrêta de battre car le chronord de la coiffeuse lui confirmait la raison de ces coups : l'heure était venue de se rendre au Palais de Justice. Il allait affronter le nouveau corps des Sept Justes.

Quatre gardes qui portaient les uniformes parme du Palais, firent irruption dans la pièce. Ils encadrèrent Guerric Le Hart qui s'était levé sur l'injonction silencieuse du veier.

En arrivant dans le hall de sa demeure, le primat prit à peine conscience du vacarme qui provenait de l'extérieur. Il se sentait dans un état second.

Lorsqu'il sortit sur le perron, un formidable tumulte l'accueillit. Il leva une main pour protéger ses yeux du soleil qui l'éblouissait et découvrit la foule, la foule immense qui couvrait uniformément la place.

Abasourdi, il contempla la mer des visages tournés vers lui, une mer étale, immobile, dont la houle venait de s'arrêter ainsi que la rumeur. Il régnait sur la place un impossible, un effrayant silence et le visage de Guerric Le Hart se décomposa.

– Jamais ils ne nous laisseront passer, murmura-t-il d'une voix étranglée au veier, il faut sortir par derrière.

– Le siège primatial est entièrement cerné, avertit l'un des gardes, d'une voix trop neutre.

– Nous devrions réussir à gagner le fourgon. Il est juste au pied des marches, et il est blindé, dit le veier.

– Nous ne pourrons pas l'atteindre sans nous faire intercepter, affirma Le Hart qui ne maîtrisait presque plus sa panique. Il faut demander une escorte plus nombreuse.

– Les Sept Justes vous attendent. Vous ne pouvez vous permettre d'arriver en retard.

– Un orthoptère, alors !

– Voyons, soyez réaliste. Cette place est le seul endroit qui permette un atterrissage. En admettant que la foule laisse se poser un orthoptère, il ne serait pas moins difficile de l'atteindre que de monter dans le fourgon.

– Enfer ! Il y a bien une solution. Je refuse de rentrer dans cette foule.

– Allons, ne me forcez pas à vous y contraindre.

Poussé par les quatre gardes, Guerric Le Hart descendit les marches du perron. Lorsqu'il atteignit la dernière, le silence absolu fut rompu par un appel, un seul appel, haut et clair, tranchant comme une lame : " Mort au Singe ! " et une marée humaine engloutit le petit groupe, recrachant sur le rivage du perron les quatre gardes et le veier, bousculés mais intacts.

Des cris suraigus retentirent, si atroces que l'un des hommes en mauve se boucha les oreilles, puis la marée reflua, abandonnant sur le plastiment de la place un corps désarticulé et sanglant.

Le veier s'approcha de la dépouille, la retourna du bout du pied, en prenant garde à ne pas tacher le daim violet de ses bottes et, se penchant en avant, appuya un index sur l'une des carotides que le saccage de l'uniforme d'apparat avait mise à nu. L'artère ne battait plus. Le veier essuya son doigt sur un morceau d'étoffe arrachée et eut un hochement de tête dont tout observateur aurait pu jurer qu'il était satisfait. Il se retourna et monta posément les marches du perron. Il fallait prévenir le Palais.

⁂

– Votre Eminence ?

– Oui, Basile ?

– On vient de nous annoncer la mort de Guerric Le Hart.

– Ah ?

– La justice des gens de cette ville est plus expéditive que la nôtre. Le primat s'est fait massacrer par la foule au moment où il allait monter dans le fourgon cellulaire. Les gardes et le veier ont été épargnés.

– Voilà une excellente nouvelle. Je me demandais vraiment comment j'allais concilier les interminables tergiversations d'une procédure à laquelle le rang de l'accusé me forçait d'assister avec les innombrables problèmes que ce... ce " primate " m'a laissés sur les bras... et auxquels je suis bien obligé de faire face ! Merci, Basile. Vous pouvez disposer.

Resté seul, Felix More, nouveau légat de Dante, repoussa les memorex qu'il était en train d'étudier, appuya ses coudes sur le plateau-mosaïque de son bureau et se frotta les mains avec satisfaction. Il faudrait récompenser ce veier de sa perspicacité. Sans lui, Felix More n'aurait certes jamais eu l'idée de rendre publique l'arrestation du Singe, ni de donner l'heure où ce dernier serait conduit du siège primatial au Palais de Justice, et encore moins de minimiser volontairement les chefs d'inculpation qui pesaient sur lui. De surcroît, il aurait fourni une escorte normale, laquelle n'aurait pas manqué de s'opposer à l'émeute si elle n'avait pas reçu la consigne expresse de s'abstenir de résister.

Le veier était issu du peuple et il connaissait bien les siens. Il savait qu'ils ne supporteraient pas l'idée que le Singe réussirait peut-être à sauver sa tête alors que tant des leurs avaient été torturés et tués sans qu'il leur fût laissé le plus petit espoir de recours.

Il prétendait sa stratégie infaillible et il avait raison. Quelle habileté ! Il faudrait lui donner une promotion pour le lier plus étroitement aux pouvoirs en place et ne pas oublier d'exercer sur lui une surveillance discrète. L'Histoire ne manquait pas de personnalités semblables dont le charisme avait permis à des foules de s'organiser jusqu'à devenir assez fortes pour menacer l'ordre établi.

Felix More soupira et revint au memorex qu'il consultait précédemment.

Complètement engorgée par l'accroissement invraisemblable de sa population en quelques semaines, Southern City se trouvait dans une situation critique. Les hôtels avaient été obligés de prendre des clients en surnombre et la plupart des maisons de la ville hébergeaient des pensionnaires. Trois jours auparavant, le légat avait informé tous les mondes que, même à titre temporaire, l'immigration sur Dante était désormais interdite ainsi que le tourisme. Mais il était déjà trop tard et il allait être obligé de renvoyer chez eux la plus grande partie de ces visiteurs. Et en vitesse. Le matin même, le service sanitaire l'avait prévenu qu'à la prochaine éruption, même partielle, de la cordillère du Cancer, les filtres des bassins de décantation seraient à nouveau bouchés par les cendres puisque l'ancien primat avait toujours refusé de faire les frais de dômes de protection. Et cette fois-ci, en raison de la surpopulation de la ville, l'absence d'épuration aurait des conséquences catastrophiques. Southern City risquait de se trouver privée d'eau.

Quant à la nourriture, il valait mieux ne pas y penser. Du fait de l'incroyable incurie de Guerric Le Hart, les problèmes d'approvisionnement n'avaient jamais été résolus. Le projet d'installer des dômes géodésiques sur les lunes avait été abandonné, si bien que la planète dépendait presque exclusivement des autres systèmes solaires pour son alimentation.

Les cultures et l'élevage à l'air libre n'étaient pas possibles à grande échelle dans l'hémisphère Sud, mais ils auraient été facilement réalisables sur les satellites, lesquels étaient parfaitement stables. D'autant que cette inhospitalité de la seule planète habitable du système Alpha Centauri avait eu l'heureuse conséquence de pousser à l'émigration la presque totalité des premiers colons, dès la mise au point des convertisseurs.

Contrairement aux autres planètes colonisées, Dante jouissait d'une population réduite qui s'était concentrée dans une seule ville en créant un urbanisme anarchique. Les Zones Urbaines – c'est-à-dire les maisons délabrées par suite d'une architecture inadaptée aux séismes et qui attendaient depuis des décennies leur réfection – étaient cernées par les Zones Protégées où des tours de haut standing abritaient les centres commerciaux et administratifs de la ville ainsi que les privilégiés du système.

Pas un autre site de Dante n'offrait un emplacement géographique susceptible de permettre l'établissement d'une ville tout en restant à l'abri des plus importantes manifestations sismiques ou volcaniques.

L'hémisphère Nord semblait plus calme que le Sud et surtout, du fait de ses vents dominants, il était moins souvent englué dans les brouillards de particules; mais les volcans s'y trouvaient en plus grand nombre et les Terriens pensaient qu'ils se manifesteraient tôt ou tard. Le cycle " dantesque " rendait cette évidence irréversible. Lorsque cela se produirait, les Oï-Tîkî seraient anéantis, vu l'incroyable inconscience qui avait présidé à l'édification de leurs cités.

Felix More haussa les épaules et appuya sur la touche de l'intercom.

– Basile ?

– Oui, Votre Eminence ?

– Les Services de l'immigration tiennent un registre de toutes les entrées sur Dante, n'est-ce pas ?

– C'est obligatoire, Votre Eminence.

– Je veux qu'ils me fournissent une liste de toutes les personnes arrivées ici depuis le passage en astrovision de l'Immortel. Au fait, non. Je connais trop la vénalité des fonctionnaires. Un nom, cela s'efface si facilement... Envoyez-y quelqu'un de sûr. Jean, par exemple. Qu'il parte pour Béatrice incognito et par la prochaine navette. Il se rendra à l'astroport sans s'être fait annoncer. Je veux qu'il me fasse lui-même un duplicata des registres de l'ordinateur central et qu'il convoque ensuite chacun des inscrits en se faisant aider par notre psy pour une analyse de motivations.

– Cela prendra du temps !

– Que me proposez-vous, Basile ? De faire un tirage au sort ? Certaines personnes sont peut-être venues là avec d'autres mobiles que la longévité oï-tîkienne ?

– Excusez-moi, Votre Eminence. J'appelle Jean immédiatement.

Epuisé, le légat se renversa sur son siège et ferma les yeux. Il allait réussir à faire le vide dans son esprit lorsque le bourdonnement agaçant de l'intercom provoqua le reflux de toutes ses préoccupations. Il appuya un index résigné sur la touche. Son secrétaire ne le dérangeait jamais sans raison.

– Votre Eminence ?

– J'écoute, Basile.

– L'envoyé des Oï-Tîkî sollicite un entretien.

– Enfin ! Je pensais qu'il ne se déciderait jamais ! Décidément, la mort de Le Hart accélère bien des choses. Annulez mes rendez-vous de demain matin. Je veux disposer d'assez de temps pour discuter tranquillement.

14

Elle avait gagné.

Tout en suivant son tuteur dans les dédales du TTT, elle se mordait la bouche pour ne pas trahir son exultation. Ils étaient escortés par deux " guêpes ", les gardes en jaune et noir du TTT, et, influencée par la culture oï-tîkienne, elle ne tenait pas à leur montrer sa joie.

Ils passèrent un sas où leur identité fut vérifiée et sortirent dans un studio où Lazare Le Brome supervisait la mise au point d'un différé.

– Ah ! Notre Immortel ! s'exclama-t-il. C'est gentil d'être venu si vite.

Jordane se demandait encore comment la voix âpre de l'animateur pouvait réussir à moduler des inflexions aussi mielleuses.

– Vous savez bien que je déteste ce surnom ! protesta Ange sur un ton agressif.

– Vous devriez vous y habituer. C'est flatteur, non ? L'univers tout entier vous a rebaptisé. Le Premier Immortel... N'est-ce pas grandiose ?

– L'univers n'a rien à voir là-dedans. C'est

vous, ce sont les médias qui sont à l'origine de... de ce sobriquet inepte! Qui peut dire que je ne mourrai jamais sinon des journalistes en mal de copie?!

Ange s'en étouffait. Il devenait cramoisi. L'animateur jugea plus sage de changer de sujet.

– Nous avons prévu un cycle d'émissions sur les Oï-Tîkî, et leur " ambassadeur " refuse de nous accompagner. Je sais que vous êtes débordé de travail, mais pourriez-vous nous introduire dans les cités qui vous sont favorables?

– Non. Je n'ai pas le temps. D'ailleurs, vous vous débrouillerez très bien sans moi si vous faites preuve d'un iota de diplomatie. Je vous donnerai les coordonnées des cités. En échange, je vais vous demander un service, c'est de renvoyer ce poison dans les crocs des vipères qui l'ont engendré.

– C'est de vous qu'il parle? demanda Le Brome à Jordane avec un sourire amusé.

– Sans aucun doute, répondit celle-ci. Il oublie simplement que les femmes ne se sont encore jamais mises à plusieurs pour en produire une autre, encore que je vois là une solution intéressante pour l'avenir. Comme ma mère génétique est morte, les vipères en question n'ont fait que m'élever.

– C'est pareil, coupa le biologiste. On sait bien que la naissance n'a aucune importance. C'est ton éducation qui t'a rendue poison. Joris t'a récupérée trop tard, le processus était déjà irréversible.

– Bon, soupira Le Brome. Ce nid de vipères, on le trouve où?

– Entre Mars et Jupiter, dans la ceinture d'astéroïdes. C'est une colonie techno avec plein de gouines.

– Bon, je vais m'occuper de ça. Pour la Terre, c'est sans problème, il y a un cargo dans deux mois et si jamais Jordane n'y trouvait pas de place, je persuaderais le TTT de la faire transiter par l'un de nos yachts.

– Merci, dit Ange d'un ton rogue en tournant les talons.

– Eh ! le rappela Le Brome. Dites-moi tout de même le nom du satellite !

– Terango.

– Terango ? Terango... ça me dit quelque chose... Plein de gouines, hein ? C'est sûrement Pandora.

– Pandora ? répéta Ange étonné. Pandora, c'était Terango ?

– Un peu, oui ! Et je crains que votre pupille ne continue à vous inoculer son venin. Tout de même, je vais vérifier. Excusez-moi.

Et Lazare Le Brome disparut dans la cabine insonorisée du vidphone. La gorge serrée, Jordane le regarda gesticuler derrière la vitre. Lorsqu'il se retourna vers elle, elle lut sa condamnation dans ses yeux.

– C'est bien ce que je craignais, lui confirma-t-il d'une voix qu'il essayait de rendre compatissante. Vous ne pourrez jamais revenir sur Terango. Je vous aurais bien expliqué pourquoi mais nous avons un document d'archives qui vous donnera tous les détails bien mieux que moi. Vous le trouverez à la vidéothèque. Il est classé dans l'année 2180, rubrique ML, lettre P, numéro 1.

Ange, qui connaissait l'histoire de Pandora, laissa Jordane se rendre seule à la vidéothèque. Il n'avait aucune envie d'assister à l'effondrement de l'adolescente.

Dans la section Archives, celle-ci retrouva Béni qui passait là la majeure partie de ses journées, les écouteurs vissés à ses tympans, apparemment fasciné par ce que ses yeux découvraient.

Les archivistes du TTT, étonnés de le voir en

permanence, avaient fini par concevoir des soupçons. Jordane les avait apaisés tant bien que mal en prétendant que Béni cherchait à comprendre les coutumes humaines tout en apprenant le standard. En fait, la jeune fille n'ignorait pas que le saurien avait subi l'implantation d'un émetteur-récepteur. Il se plaignait souvent des démangeaisons que l'appareil lui occasionnait et elle le narguait chaque fois en lui soutenant qu'elles étaient occasionnées par le prurit du tissu cicatriciel qui avait recouvert l'emplacement de sa corne et sous lequel les anciens avaient enfoui le minuscule instrument. Elle savait que chacune des informations était transmise aux anciens et craignait que les archivistes, par une simple vérification des cassettes sélectionnées par le saurien, n'aboutissent à l'inévitable conclusion d'espionnage.

Pendant quelques heures, après avoir réalisé qu'en se taisant elle se faisait complice de cet espionnage, elle s'était demandé s'il était moral et honnête vis-à-vis de sa race de laisser un ennemi potentiel se renseigner impunément sur l'armement humain.

Voyant que cela risquait de se mettre à la tracasser plus que de raison, elle avait soigneusement refoulé les implications de sa passivité.

Pourquoi devrais-je me sentir coupable ? Les Oï-Tîkî ne sont pas les agresseurs. Je ne fais que les aider à trouver les moyens de se protéger. Il n'y a vraiment rien que de très honorable, là-dedans. Je suis sûre que Joris serait content de moi.

Elle avait d'autant mieux rejeté ce problème qu'elle comptait s'évader bientôt de Dante en direction de Terango. Et voilà que cet infect animateur lui assurait que c'était impossible ! Elle se laissa tomber lourdement sur la banquette à côté de Béni. Celui-ci lui jeta un coup d'œil et, remarquant son état, dévissa les écrous qui maintenaient les écouteurs sur ses orifices auditifs.

– Ça ne va pas ? interrogea-t-il.

– Il paraît que Terango est devenu inaccessible, grogna-t-elle, tout près de fondre en larmes.

– Tu veux dire que tu ne vas pas pouvoir y aller ?

– C'est ça.

– Eh bien, je me sens drôlement soulagé !

– Lézard ! gronda Jordane. Si tu ne te tais pas, je te tue.

Réalisant sa maladresse, Béni baissa la tête. Il n'arrivait pas à comprendre pourquoi il se sentait, *en même temps,* aussi heureux et aussi malheureux.

La jeune fille s'était écartée et tapait le code sur une autre console. L'écran s'illumina et le titre du document s'inscrivit.

PANDORA – PREMIER " MONDE LIBRE " lut Jordane. Cela lui sembla dépourvu de sens. Tous les mondes n'étaient-ils pas libres ?

Pendant que défilaient les images du générique, elle parvint à la conclusion qu'ils ne l'étaient pas tout à fait. Ils appartenaient tous à l'Œcumène et, en tant que tels, se trouvaient sous la dépendance du SS terrien.

Elle n'avait encore jamais réalisé que le pape pouvait être considéré autant comme chef temporel de l'univers que comme chef spirituel. Elle en éprouva un petit choc qui se traduisit par une crispation désagréable à l'estomac. Qu'était-il donc arrivé à Terango ? Elle avait douze ans quand elle avait quitté le satellite et se souvenait très bien des démêlés de Marieka Dansk avec le Saint-Siège.

Pourtant, jamais elle n'aurait pu imaginer ce qu'elle allait apprendre. Elle savait les Ursulionnes combatives mais le récit de leurs exploits l'abasourdit à tel point que ses oreilles se mirent à bourdonner comme si, de retour à La Lisière, elle entendait à nouveau tomber la foudre sur le paratonnerre de la tour.

Ses mères avaient enlevé le cardinal camerlingue.

Pie XIV tenait tellement à son enfant chéri qu'il avait cédé à toutes leurs exigences. Après évacuation de sa population masculine, le satellite Terango, rebaptisé Pandora, du nom de la première femme créée par Héphaïstos, avait accueilli toutes les femmes qui rêvaient d'un monde sans hommes.

Les Ursulionnes prétendaient avoir maîtrisé la reproduction parthénogénétique mais elles disposaient également d'une importante banque de sperme pour pallier les problèmes psychologiques qui se poseraient sans doute à certaines à l'idée de mettre au monde un double d'elles-mêmes plus jeune.

Les autres problèmes étaient négligeables. Terango était autonome depuis des décennies. La fusion de l'hydrogène lui avait permis de devenir un écosystème indépendant, c'est elle également qui lui permettrait de quitter son orbite. Et quant à l'alimenter, les masses de glace des comètes rencontrées sur le parcours de ce nouveau " croiseur interstellaire " y pourvoieraient.

Lorsque, tel un navire appareillant pour la haute mer, Terango-Pandora avait levé l'ancre, il emportait trente millions de femmes en son sein et un seul homme : le cardinal camerlingue – mais était-ce bien un homme ?

Il n'y avait eu aucune violence. Au moment où le satellite passant au plus près de Jupiter allait bénéficier de la formidable accélération qui devait le propulser hors du système solaire, l'enfant chéri de Sa Sainteté avait été éjecté dans une capsule de survie pourvue d'une balise radio, si bien que plus personne après qu'il eut été récupéré ne l'avait plus appelé autrement que Moïse.

Le cardinal de retour dans son giron, Pie XIV avait déclaré qu'il y avait mieux à faire que de poursuivre ces maudites sorcières et qu'elles s'étaient elles-mêmes condamnées en se coupant du reste de l'humanité.

Le commentateur laissait entendre que des recherches auraient coûté beaucoup trop cher. Il suffisait au satellite fuyard d'éviter les systèmes où avaient été installés des convertisseurs. Moyennant quoi, il resterait toujours trop loin pour être intercepté sans une dépense d'énergie disproportionnée.

L'absence de représailles avait encouragé une autre colonie à faire sécession trois mois plus tard. Celle-là n'avait pas eu besoin d'exercer un chantage. Elle était déjà exclusivement composée de sa minorité.

Désormais, deux mondes libres voguaient vers l'infini : Pandora et Fourier. Il était probable que, malgré la surveillance exacerbée du SS, d'autres satellites rompraient à leur tour leurs amarres, créant de nouveaux micro-mondes indépendants.

Jordane resta devant l'écran brouillé sans pouvoir décider si le voile était provoqué par l'arrêt de l'émission ou par une défaillance de ses yeux.

Une larme coula sur sa joue, puis une autre et une autre encore et Béni qui avait regardé le document sans manifester sa présence ne put se retenir d'intervenir.

– Ça coule de tes yeux ! s'exclama-t-il, étonné.

– ...

– Tu es malade ? insista-t-il.

Exaspérée, Jordane se tourna vers lui et se mit à crier :

– Je pleure ! Ça ne pleure jamais, un lézard ?
– Ben non.
– Ça veut dire que je suis triste. Si triste que je voudrais mourir.
– C'est parce que tu ne pourras jamais regagner ton nid ?
– Oui.
– Tu as mal ?
– Oui.
– Tu n'es pas contente de rester avec moi ?

Suffoquée, Jordane le regarda, à la recherche d'une réplique particulièrement blessante. Dans ses yeux, l'incrédulité fit place au désarroi tandis que l'injure expirait sur sa bouche et elle essaya de réfléchir aux implications de la question du saurien.

Alors sa tête s'embrouilla et, comme indépendamment de la volonté de Jordane, elle décréta le black-out des sentiments. Un ricanement rageur jaillit malgré tout de la bouche serrée.

– Finalement, je n'ai plus que toi ! C'est terrible mais je ne me trouve aucune autre famille. Celles de Pandora, maintenant, c'est comme si elles étaient mortes.

Et, se jetant dans les bras d'un Béni en pleine déroute, elle se mit à sangloter sans retenue.

13

– Je n'aime pas cette femme, dit Jordane d'une voix dure. Et elle ne m'aime pas non plus. Je me demande qui elle aime, d'ailleurs. Sûrement pas toi, en tout cas. J'ai le sentiment qu'elle te méprise encore plus que moi. C'est drôle qu'elle soit ta maîtresse. Elle a eu ce qu'elle voulait, non ? Tu l'as rendue immortelle, alors pourquoi reste-t-elle ici ?

– Elle n'est pas ma maîtresse, murmura Ange.
– Quoi ? Et tu la gardes près de toi ?
– Je suis lié à elle plus définitivement que si nous étions mariés.
– Comment cela ?
– Le Singe s'est débrouillé pour me faire assassiner Justin Cryptobare sous contrôle vidéo. Marilys m'a aidé à quitter le palais après avoir volé la cassette. Tant qu'elle ne l'aura pas détruite, je suis à sa merci.
– Elle te fait chanter ?
– Exactement.

Sur ces mots, Marilys pénétra dans la pièce sans s'être fait annoncer. Elle eut un instant d'hésitation à la vue de Jordane, la regarda droit dans les yeux en poussant un soupir excédé qui signifiait clairement qu'une telle présence lui était importune et, comme la jeune fille ne bougeait pas, décida de l'ignorer.
– Je viens d'apprendre que la poison ne part plus ? s'exclama-t-elle, s'adressant au tuteur sans plus regarder la pupille.
– La poison s'appelle Jordane, dit Ange d'une voix lasse. Je te prierais de ne pas lui donner d'autre nom.
– Et pourquoi donc, cher Immortel ? Si je ne m'abuse, tu es à l'origine de ce sobriquet charmant... Mais peu importe, réponds à ma question.
– C'est exact. Elle ne part plus. Son satellite d'origine s'est envolé pour l'infini.
– Avec une cargaison de femmes, m'a-t-on dit.
– C'est ça.
– Elles doivent se mordre les doigts d'ennui, en ce moment !
– Quel incroyable égocentrisme ! Penses-tu vraiment que toutes les femmes te ressemblent ?

Marilys s'abstint de répondre. Elle se referma sur elle-même, ses yeux se vidèrent de toute expression, ses épaules se voûtèrent et son corps donna l'impression étrange à Jordane qu'il occupait soudain plus d'espace dans les voiles transparents qui le masquaient à peine.

Fascinée, l'adolescente observait intensément Marilys et elle vit – elle crut voir – les traits de ce corps trop parfait onduler comme s'ils allaient se mettre à couler.

A ce moment, cette physionomie brouillée fut secouée comme par une décharge électrique et les mille petits pics de la chair de poule apparurent sur la peau, plus nette qu'elle ne l'avait jamais été.

Jordane se frotta les yeux avec ahurissement. Quel rêve impossible! Comment avait-elle pu croire une seconde... mais croire quoi? Que Marilys était une entité holographique? Son corps offrait tout de même plus de matérialité!

La jeune femme était sortie de sa transe. Elle jeta un coup d'œil furtif à Jordane et reprit la parole sur un ton péremptoire.

– Je veux qu'elle parte.

– Ce n'est pas possible.

– Le Hart est mort. Elle ne court plus aucun risque. Tu n'as qu'à la renvoyer en pension.

– Ne tire pas trop sur la corde, Marilys. Il me reste un tout petit peu d'orgueil. Peut-être suffisamment pour accepter l'idée de mourir si tu dois tomber avec moi. Jordane reste ici. Si quelqu'un part, c'est toi. Comme tu l'as dit, Le Hart est mort. La protection du TTT ne te sert plus à rien. A moins que tu ne craignes d'autres représailles?

Satisfaite, Jordane quitta la pièce. Elle n'avait pas été obligée d'abattre sa dernière carte. Personne ne savait que Béni parlait couramment le standard. Il allait exiger la présence de Jordane à ses côtés et en faire son interprète officielle. Si on lui objectait les traducteurs simultanés, il prétendrait les concepts oï-tîkiens trop complexes pour de simples machines... ce qui n'était d'ailleurs pas tout à fait faux. A cet égard, personne ne pouvait être plus compétent que la fille de Joris Ibère, l'ethnolinguiste attitré des Oï-Tîkî. Ainsi resteraient-ils ensemble.

Elle trouva le saurien confortablement installé dans un périfauteuil – l'un des rares meubles humains à s'adapter à son anatomie – et le regarda avec stupéfaction se livrer à une activité inédite.

– Seigneur ! s'exclama-t-elle.

– Oui ? répondit Béni, s'exprimant lui aussi en standard et tentant de réitérer ce qu'il avait déjà fait involontairement, pour le plaisir de faire rire la jeune fille.

Il atteignit son but et sa bouche s'agrandit de joie dans une étonnante caricature du sourire humain.

– Tu t'es coupé les griffes ! constata Jordane lorsque ses hoquets se furent calmés.

– *On m'a* coupé les griffes, rectifia le saurien. Je n'y serais jamais arrivé tout seul.

– Et maintenant, tu te les limes !

Reprise par son fou rire devant le comique irrésistible de la situation – essayez d'imaginer un saurien en train de se limer les ongles ! –, Jordane, pliée en deux, se cramponnait le ventre.

– Mais pourquoi ? réussit-elle à ajouter.

– Les anciens m'ont interdit de tuer, ici. Il faut bien que je m'amuse autrement sinon je vais finir par périr... comment dit-on, dans votre langue ? Ah oui : de *l'ennui*. Je vais *périr de l'ennui*.

– Toi ? Ça m'étonnerait plutôt !

– Et puis, tu comprends, j'en ai assez de voir

les tiens éclater de rire chaque fois que je leur dis : Tîkî-tîlï-tîl ! en me claquant le ventre. Ils ne se rendent pas compte de la faveur que je leur fais en leur proposant de partager mes proies.

– Ça ne t'engage pas beaucoup, dis donc ! Tu n'as pas besoin de chasser pour manger, ici !

– J'aimerais bien. Votre nourriture est vraiment répugnante.

– Au moins nous, nous ne nous mangeons pas entre nous, cannibale !

– C'est mon plus grand regret, affirma Béni en tâtant la cuisse de Jordane qui s'était assise à côté de lui, vous devez être succulents.

– Eh là, bas les pattes, lézard !

– Excuse-moi. Je ne pensais pas à te manger, toi, particulièrement. Encore que, si ça ne te faisait pas disparaître, ça ne me déplairait pas.

– Merci bien.

– " Manger qui l'on aime, c'est lui faire honneur ", récita le saurien, sentencieusement.

– Quelle horreur !

– Je regrette que tu ne le comprennes pas. C'est comme notre formule d'accueil, les humains n'y comprennent rien. Je ne vois pas en quoi se claquer le ventre est si drôle. Si encore je les saluais en les serrant contre moi – ce qui signifie que j'aimerais bien les manger –, maintenant que je connais votre tabou, j'accepterais leur incompréhension. Mais c'est une salutation très intime, réservée à ceux que nous estimons tout particulièrement. Alors maintenant, je serrerai les mains des vôtres à la manière terrienne. J'ai décidé ça aujourd'hui. Avec des griffes, cela n'aurait pas été très facile.

Et redoublant d'ardeur, Béni se remit à son travail de rabotage. Il employait pour ce faire une lame oblongue qui servait d'habitude à polir les alliages à base d'antimoine, et dont la surface enduite de poussière de diamant réfractait joliment la lumière.

Hypnotisée par le mouvement des éclats lumineux, Jordane ne pouvait en détacher les yeux.

Enfin le saurien s'arrêta et lui tendit sa main en écartant des doigts où les lames cornées ne dépassaient plus.

— Tu vois, dit-il sur un ton triomphant, elle est presque humaine !

C'était vrai. Jordane constata qu'ainsi raccourcis et malgré leur couleur, les cinq doigts dont les griffes étaient devenues des ongles ressemblaient aux siens.

Un trouble étrange l'envahit.

15

" Ça " criait. Se débattait. Se battait. Seul contre trois. Trois hommes. Trois HOMMES. TROIS.

Et " ça ", seul.

Dans le décor dantesque. Cheminées de fées, aériennes, avec ces blocs impossibles qui ressemblaient à des couronnes; et les prismes du soufre, sous les colonnes immenses, tapis poudré où les pieds soulevaient des nuages.

Ça — lui ? —, le saurien aux écailles vertes maculées de la poussière jaune.

Et les autres, les hommes, avec leurs visages blancs et leurs combinaisons sombres qu'éclairaient des traînées de la même poussière.

Un nouveau cri. Humain. Un cri d'homme surpris qui se change en un long hurlement de douleur. Un visage d'homme lacéré par des griffes qui ne sont pas humaines, un profil où l'œil pend, sanglant et dérisoire.

L'homme lève une main tremblante vers son visage et cette main rencontre le globe humide; la souffrance s'étrangle dans un râle d'horreur.

L'homme recule, recule, recule encore devant l'atroce vision que lui impose son esprit. Il fuit dans l'inconscience.

Au même instant, son pied arrière rencontre les croûtes instables qui sèchent autour de la fontaine de soufre. Et cela fait toute la différence. Son corps, au lieu de basculer en avant sur des surfaces sèches et sans risque, s'effondre en arrière où 445° C l'accueillent pour une fusion vorace. L'étreinte rouge et bouillonante du soufre se referme doucement sur lui.

Là-bas, ivres de leur violence, deux hommes massacrent un lézard : si ça ne veut pas parler, ça doit mourir. Il leur serait insupportable que ça vive encore lorsque leurs cendres à eux seront si vieilles que, devenues stériles, elles ne pourront fertiliser plus longtemps le sol de leur planète.

Le corps oï-tîkien gît à leurs pieds, ce corps étrange et vert que le rouge du sang et le jaune du soufre transforment en statue polychrome.

Statue? Cela bouge-t-il, une statue? Cela gémit-il?

L'immortalité n'est pas morte!

L'emblème n'est pas vaincu!

L'animalité de retour chasse le recueillement. Un homme s'est accroupi près de l'Oï-Tîkî. Un objet dans sa main réfracte un instant la lumière avant de perforer la poitrine du saurien dont la bouche exhale un cri ultime.

Les deux survivants plongent alors leurs mains dans l'ouverture qu'ils déchirent, fouillent à l'intérieur des chairs, tirent au jour une masse palpitante, sectionnent les veines, artères et bronches qui la relient au thorax saccagé... et dans un geste païen d'offrande au dieu des mortels, les mains rougies tendent aux cieux l'organe de la vie.

– ... Eminence !... Votre Eminence !...

Felix More sursauta violemment. Ses yeux s'ouvrirent et un éclair de gratitude les illumina à la vue de Basile.

– Seigneur ! Quel cauchemar ! Comment ai-je pu m'endormir ?

– On ne peut pas dormir deux heures par nuit sans avoir des moments d'absence, dit Basile d'une voix compatissante. Et je me serais bien gardé de vous réveiller si l'ambassadeur des Oï-Tîkî n'était arrivé, avec son interprète.

– Très bien, Basile. Donnez-moi cinq minutes et faites-les entrer.

Resté seul, Felix More frissonna. Il était loin de ressentir l'assurance qu'il avait affichée devant son secrétaire. La veille encore, il pouvait croire qu'il lui serait facile de recevoir l'ambassadeur. Après tout, il ne s'agissait que d'une négociation, délicate certes, mais nullement désespérée.

Malheureusement, si les images de son cauchemar étaient une exclusivité de son imaginaire, Felix More ne pouvait oublier ce qui les avait générées : ces rapports, ces maudits rapports, qui s'étaient accumulés d'un seul coup sur son bureau à l'entrée de la nuit, et qui lui avaient donné le désir de quitter Dante au plus vite pour ne jamais y revenir.

Parce qu'ils craignaient des représailles, les veiers avaient attendu la mort de Guerric Le Hart pour se manifester. Les hommes qui avaient agressé la race des sauriens afin de lui extorquer son secret étaient des créatures du primat. Par chance, se croyant investis d'une mission officielle, ils s'étaient révélés assez stupides pour aller devant les officiers de Justice se plaindre de la résistance qu'ils avaient rencontrée. Au cours de chacune des attaques, un homme au moins avait perdu la vie. Mais les victimes oï-tîkiennes étaient mortes, elles aussi, et pouvait-on mettre en balance l'existence d'un presque immortel avec celle d'une crapule ?

Felix More soupira. Dès qu'il avait vu les memorex se matérialiser sur sa table, il les avait passés dans le lecteur et avait aussitôt convoqué les veiers. Mais il était déjà trop tard pour les mettre au secret. L'information avait filtré et une vraie boue s'était répandue sur les ondes, le matin même, maculant la vérité, l'engluant de récits fantaisistes où il apparaissait que l'agresseur était l'Oï-Tîkî et non l'homme.

Un carillon résonna, annonçant à Felix More l'expiration de ses cinq minutes de grâce. Le prélat soupira, essuya un grain de poussière imaginaire sur le velours antistatique de sa dalmatique et adressa une injure à Pie XIV qui lui avait imposé cet intérim difficile. Dans un élan charitable et pour le moins inhabituel, il se surprit à plaindre l'inconnu qui allait être nommé primat de Dante. Cela le réconforta. Après tout, cette période de transition serait bientôt finie.

Les portes du bureau coulissèrent en silence et le légat se trouva face, pour la première fois, à un Oï-Tîkî qui n'était pas une projection holographique.

Fasciné, il ne pouvait détacher ses yeux de ce corps aux proportions humaines et que l'on aurait classé dans les humanoïdes s'il n'avait pas été doté d'un aussi massif appendice caudal. Il remarqua les petits yeux intelligents qui le regardaient sans ciller, le souvenir de son rêve le submergea, et tandis qu'il luttait contre les horribles images, ses lèvres s'entrouvrirent sur une grimace, échappant au contrôle du cerveau qui avait, lui, programmé une débauche d'amabilité.

Comme en réponse, la bouche s'étira, dans le mufle saurien, et les veines de Felix More se vidèrent de leur sang à la vue de la double rangée de dents coniques et pointues qui venait d'apparaître.

Cannibale! souffla une voix terrifiée dans la tête du prélat dont la main droite, sur la console, se crispait autour de la touche d'appel.

Le saurien avait refermé sa bouche et Felix More réussit à dominer sa panique. Il reporta son attention sur la fille qui accompagnait son visiteur et fut impressionné par son corps bien découplé. Elle devait être énervée car elle dansait d'un pied sur l'autre et le jeu des muscles de ses bras et de ses cuisses se dessinait sous son justaucorps.

Avec étonnement, Felix More remarqua la couleur de ce dernier. D'un vert dont la nuance était presque exactement celle des écailles sauriennes.

Intrigué, il regarda plus attentivement la fille et le contraste entre le corps et le visage lui apparut enfin. Après avoir réalisé l'extrême jeunesse de ce faciès à la moue enfantine, il découvrit dans la silhouette les angles vifs qui trahissaient l'apparence adulte et observa que les seins hauts et pommés devaient être le fait de l'adolescence et non de la chirurgie plastique comme il l'avait pensé tout d'abord.

Mais alors, que faisait cette fille avec l'Oï-Tîkî? Elle ne pouvait tout de même pas être l'interprète!

Il s'apprêtait à l'interroger sans ménagement lorsqu'il se rappela les lois de la politesse qu'il avait négligées jusque-là.

Se levant, il contourna son bureau et, sans descendre de l'estrade où ce dernier était juché, il dit avec onction :

– Au nom de Sa Sainteté Pie XIV, Souverain Pontife de l'Œcumène, soyez le bienvenu, Ser ambassadeur.

Et, s'inclinant légèrement en avant, il tendit sa main en se demandant si le saurien saurait qu'il devait en baiser l'étincelant rubis. Les mille facettes des protocoles ne devaient guère être connues des Oï-Tîkî.

Aussi fut-il très surpris de voir le grand lézard avancer vers lui, saisir sa main...

Sang du Christ ! et lui broyer les doigts, le tirer en avant...

Il allait perdre l'équilibre !

Et voilà, il tombait, il allait se blesser...

Enfer ! Maudits cannibales !

***

Jordane avait réalisé trop tard ce que le légat attendait de Béni et elle ne put intervenir à temps. Elle intercepta malgré tout l'homme en pourpre juste avant son arrivée au sol et le remit tant bien que mal sur ses pieds, tout en grondant dans la langue oï-tîkienne :

– Il semble préférable à l'avenir que tu t'en tiennes au salut de ta race.

– Je n'y comprends rien, gémit Béni. Pourquoi ne m'a-t-il pas résisté ?

– Et pourquoi donc t'aurait-il résisté ?

– Mais vous vous serrez bien les mains pour mesurer votre force, non ?

Par chance, la question de Béni surprit Jordane au moment où elle ramassait la barrette du légat. La tête baissée, elle porta un doigt à ses lèvres et le mordit avec force en espérant chasser par la douleur son fou rire naissant. Elle réussit à se contenir et tendit sa calotte de soie au prélat rouge et bouleversé qui la prit et la tourna entre ses mains comme s'il en avait oublié l'usage.

– Non, dit Jordane qui avait retrouvé assez de maîtrise pour répondre à Béni. Non, non et non, tu as mal interprété le signe.

– Si ce n'est pas pour vous mesurer entre vous, grogna Béni, je ne vois pas à quoi ça sert de s'empoigner !

– C'est une coutume très ancienne. Nos historiens du comportement disent qu'elle signifie : je te tends ma main nue, sans arme, en signe d'amitié.

– Je ne savais pas que les humains avaient la vue si basse.

– Où est le rapport ?

– S'ils sont obligés de serrer la main pour constater qu'elle ne tient pas d'arme, c'est donc qu'ils ne voient pas, ou très mal.

– Jeune fille, intervint le légat d'une voix forte, je trouverais convenable que vous vous présentiez, vous et ce damné lézard, et je vous serais reconnaissant de parler une langue chrétienne. Je ne comprends rien à votre charabia.

– Ce charabia, Votre Eminence, est la langue des Oï-Tîkî et vous devez vous résoudre à l'entendre car le " damné lézard " qui représente ici sa race comprend assez bien le standard mais ne le parle pas.

Le légat avait retrouvé sa superbe. De retour sur l'estrade, le chef à nouveau coiffé de la barrette, il dominait la situation.

– Justement, reprit-il. Par quel tour de passe-passe une gamine comme vous devient-elle interprète d'un ambassadeur ?

– Parce que cet ambassadeur l'a choisie.

– Et en quel honneur ?

— Celui de mon père, peut-être. Les Oï-Tîkî regrettent que les vôtres l'aient assassiné. Avec lui, ils ont perdu le seul être humain à désirer comprendre leur civilisation.

— Mais qui êtes-vous, à la fin !

— La fille de Joris Ibère.

— L'ethnolinguiste ?

— Qui d'autre ?

Jordane sourit avec insolence en voyant le prélat accuser le coup. Il perdit beaucoup de sa morgue et son visage sembla, de ce fait, avoir effectué un saut spectaculaire du côté de l'humanité.

— Je suis au courant de la disparition de Ser Ibère. J'ignorais qu'il avait été tué. Guerric Le Hart aurait dû mourir cent fois pour tous les crimes qu'il a commis.

— Cela ne m'aurait pas rendu Joris, dit Jordane en haussant les épaules. Parlons plutôt des Oï-Tîkî; eux sont encore vivants, mais pour combien de temps ?

— Je suppose que vous êtes au courant des agressions organisées contre eux par le primat ?

— Oui, et je sais de source sûre que Le Hart n'était pas seul en cause. Certaines attaques étaient le fait de prospecteurs et avec l'arrivée massive des nouveaux colons, le phénomène ne peut que s'amplifier.

— Qu'en pensent les Oï-Tîkî ?

— Ils le déplorent et...

— Pas du tout, protesta Béni. Ils s'amusent bien. Le pourcentage des humains tués est très largement en faveur des miens. Ils ont de la chance, ajouta-t-il sur un ton nostalgique.

— Que dit-il ? interrogea le légat.

— Que c'est intolérable, " traduisit " Jordane, et que vous devez prendre des mesures immédiates pour protéger son peuple.

— Qu'il se rassure. Cela ne devrait pas se

reproduire. Le trafic aérien est désormais sous contrôle. Plus personne ne peut quitter la ville sans un sauf-conduit que je délivre personnellement. De plus, malgré le danger d'éruptions, j'ai fait installer plusieurs bases sur des îles dans les deux océans. Mes hommes contrôlent toute la ligne équatoriale. Quiconque tentera de forcer ce barrage en direction de l'hémisphère Nord sans que j'en aie averti les commandants sera intercepté et abattu sans sommation.

– C'est bien, approuva Jordane.

– Mais non, se lamenta Béni. Ce n'est pas bien du tout. Les miens n'ont pas eu de jeu si passionnant depuis un millénaire !

– On dirait qu'il proteste, observa le légat.

– Absolument ! Il se lamente en soulignant que dans la seule ville de Southern City vivent en permanence presque autant d'humains que tous les membres de son peuple réunis, que cette population a subi une augmentation massive à la suite du passage en astrovision d'Ange Costel et que...

– Jor-ân', je te rappelle que tu es censée traduire ce que *je* dis.

– Et que des passages sur le CID de documents truqués comme ceux de ce matin sont de véritables appels au génocide.

– Jor-ân !

– Des renforts. Il pense que vous devez prévoir l'éventualité d'une émeute.

– Jor-ân', si tu continues à bafouer notre accord, je m'adresse au Tout-Rouge en standard. Si tu tiens à rester mon interprète, fais-lui l'offre de collaboration des miens.

Jordane soupira avec ostentation. Pour se protéger d'une invasion destructrice, les Oï-Tîkî avaient imaginé de prendre les devants en proposant au SS terrien la négociation d'une charte.

Des Oï-Tîkî se rendraient de leur plein gré sur Terre et sur les planètes colonisées de manière à favoriser la fabrication du sérum et à en accélérer la diffusion. En échange de quoi, le SS devait garantir la protection de leur race sur Dante.

– O.K., lézard, mais je t'aurai prévenu. Cette proposition est plus délirante que tout ce que j'ai jamais entendu des anciens et Dieu sait ! Enfin, c'est votre problème si vous vous sentez une vocation de vaches laitières !

– Que se passe-t-il ? s'inquiéta le légat.

– Notre lézard a une proposition constructive à vous faire. Ou du moins à vous charger de transmettre au Saint-Siège.

– ...

– Béni, fais au moins semblant de me dicter quelque chose !

– Attends, ils sont en train de transmettre.

– L'ambassadeur est fatigué. Suivre notre discussion en standard représente une importante tension pour quelqu'un qui n'est pas tout à fait familiarisé avec notre langue.

Béni avait fermé les yeux et Jordane reconnaissait à plusieurs signes l'intense concentration du saurien. Paniquée à l'idée que cette attitude révélatrice allait peut-être le trahir, elle le fit pivoter et le força à s'asseoir sur l'estrade. Son visage échappait ainsi au regard aigu du légat.

– Se sent-il mal ? demanda celui-ci avec sollicitude.

– Simple passage à vide, mentit Jordane. Cela lui arrive de temps en temps.

Sur l'estrade, Béni s'ébroua, prit appui sur sa queue et se leva.

– Ils disent que c'est prématuré, lança-t-il à Jordane. Et qu'il faut attendre avant de leur faire cette offre.

– Il propose de reprendre cette discussion un autre jour, traduisit la jeune fille. Il se sent épuisé et craint les contresens.

– Eh bien, c'est entendu. Je lui fais cependant part de l'invitation du Saint-Siège. Pie XIV souhaite vivement rencontrer un émissaire oï-tîkien. Je compte sur vous pour le lui répéter lorsqu'il ira mieux.

– Je n'y manquerai pas, promit Jordane.

Majestueusement, le légat se leva pour leur signifier que l'entretien était terminé. Sacrifiant aux obligations de la courtoisie malgré son dégoût, il se dirigea vers le saurien, le prit dans ses bras et lui donna l'accolade.

– San du criss ! s'exclama Béni. Le Tout-Rouge aimerait me manger ? Mais il me connaît à peine !

Jordane s'étrangla de rire.

– Que se passe-t-il encore ? demanda Felix More, excédé.

– Lorsqu'un Oï-Tîkî serre quelqu'un dans ses bras, il lui signifie qu'il l'estime tellement qu'il le dévorerait avec plaisir !

– Seigneur ! murmura le prélat, décomposé.

16

Cela poussait en lui depuis plusieurs jours. Un buisson épineux qui se ramifiait sans cesse et finit par former un fruit. Lorsque ce fruit parvint à maturité, Ange le cueillit et le goûta avec circonspection; c'était dur, amer mais consommable et de toute façon, le biologiste n'avait pas le choix, il avait labouré sans trêve le champ stérile de son cerveau et n'avait rien pu engendrer d'autre.

Lorsqu'il eut accepté le fruit, il s'étonna de ne

ressentir aucune frustration. Il prévint le légat de Dante, lequel accepta de s'occuper personnellement de toutes les transactions.

Pourquoi donc avait-il désiré convaincre Jordane du bien-fondé de sa décision ? Parce qu'elle et ce maudit lézard devaient faire partie de l'expédition ? Sûrement pas. Il n'avait de compte à rendre à personne.

En fait, il avait éprouvé le besoin d'être félicité pour son sacrifice... mais il n'aurait pas dû chercher ces félicitations auprès de sa pupille.

– Enfin, tu ne vas tout de même pas donner l'immortalité à ce vieux débris fasciste ! rugissait celle-ci.

– Tu préfères qu'on le prolonge comme Jean XXXVI en le transformant en cyborg ? Ça te plaît mieux, un cerveau ramolli dans un corps prothétique ?

– Ça ne sert à rien de raisonner par le pire.

– Bon sang, Jordane ! s'emporta Ange, essaie d'être un peu cohérente ! Tu veux les protéger, tes lézards, oui ou non ?

– Je ne vois pas le rapport.

– Tu as la vue bien courte. Si je lui refuse l'immortalité, que crois-tu que " Sa Sainteté " fera des Oï-Tîkî ?

– Mais si tu la lui donnes, quelle raison lui restera-t-il de les protéger ? Lorsqu'il aura constitué son petit corps d'élite immortel ?

– J'ai prévu ça. Je vais lui dire que les injections doivent être réitérées périodiquement. D'ailleurs, il n'est pas impossible que ce soit vrai. Rien ne prouve que les effets du sérum ne s'atténuent pas à long terme. Jusqu'à disparaître, qui sait ?

– Ponce Pilate !

– Pardon ?

– Tu te laves les mains parce que ta responsabilité te les brûle. En donnant le secret de l'immortalité au SS, tu te décharges sur lui de toutes les conséquences de ta mirifique trouvaille. A Pie XIV de décider l'éventration des Oï-Tîkî, à lui de choisir les élus qui pourront bénéficier du sérum. Ton tour de passe-passe est très fort. Tes petits airs de perdant " sacrifié " sont particulièrement déplacés. L'argent ne t'a jamais intéressé. Ce que tu veux depuis toujours, c'est revenir sur Terre en vainqueur. Coup au but ! C'est gagné ! Là-bas, on doit être en train d'édifier un arc pour ton triomphe ! T'inquiète pas, tu auras l'éternité pour cuver ta renommée, tu peux vraiment te saouler avec ! J'espère seulement que tu n'auras plus jamais soif. Tes alcools coûtent vraiment trop cher !

Et Jordane sortit de la pièce, non sans avoir saisi au passage une poterie précieuse et l'avoir rageusement jetée à terre où elle se fracassa.

L'esprit vide, Ange en rassembla les morceaux éparpillés. Il en ajusta machinalement deux ou trois avant de les laisser retomber avec un geste vague. Il se sentait exactement comme cette potiche. Quelques instants plus tôt, elle trônait paisiblement au centre de la pièce et elle était remplie de vent. Brisée, elle ne contiendrait plus jamais rien, à moins que quelqu'un ne réussît à en recoller les débris.

Ange se mit à sangloter. Où trouverait-il la force de se faire l'archéologue de son propre passé ?

*
**

Elle gisait dans l'isomère et malgré les parois cristallines de l'étroit habitacle, elle éprouvait une sensation intense de claustrophobie. Sans le calmant qu'on l'avait forcée à prendre, elle n'aurait sûrement pas résisté à son angoisse. Aussi ne fut-elle pas étonnée de voir la silhouette de Béni surgir de l'isomère qui jouxtait le sien dans la vaste cabine. Affolée, elle souleva le couvercle de son cercueil de verre.

– Miséricorde, Béni ! Rentre là-dedans tout de suite. Le yacht est en phase. La conversion va se produire d'un instant à l'autre.

– Qu'est-ce que ça peut faire ? protesta le saurien. Toutes les particules vont être mélangées dans le faisceau, non ?

– C'est une sécurité supplémentaire à l'enregistrement fait au spatioport. L'isomère prend ton empreinte et favorise la réunification lors de la reconversion. Bon Dieu ! Vas-tu rentrer dans le berceau !

Au grand soulagement de Jordane, Béni s'exécuta et regagna l'habitacle dont sa queue encombrante accentuait l'exiguïté.

La jeune fille frissonna. Elle avait affreusement peur et regrettait l'inconscience bienheureuse de son premier voyage par le convertisseur. L'idée d'être transformée en un faisceau de particules n'était déjà pas réjouissante mais imaginer l'éloignement du récepteur ne pouvait engendrer rien d'autre qu'une pure terreur. Et si le faisceau ratait sa cible ? Et les accidents de conversion ? Les médias n'en parlaient jamais mais Jordane savait qu'il y en avait eu, et il lui était difficile d'oublier que le moindre défaut de simultanéité disperserait ses propres particules sur des centaines de milliers d'années-lumière.

Une sirène annonça l'imminence de la conversion et Jordane se mit à trembler convulsivement.

L'environnement s'évanouit, clignota, se restabilisa et un haut-parleur annonça la fin de la transmission.

Nauséeuse, Jordane palpa chacun de ses membres, presque étonnée de les trouver tous à leur place, et, soulevant le couvercle de l'isomère, s'assit et contempla avec reconnaissance la cabine inchangée. A côté d'elle, le saurien émergeait à son tour.

– C'est déjà fini ? interrogea-t-il.

– La transmission, oui. Le voyage, non. Nous sommes dans la ceinture d'astéroïdes et la Terre se trouve encore à « quelques » kilomètres. Mais ceux-là, on les fait normalement, en chair et en os, et à vitesse infraluminique... ce qui va prendre beaucoup plus de temps. Heureusement, ce yacht est confortable.

Béni sursauta violemment et se mit à tourner dans la cabine en montrant tous les signes d'une vive agitation.

– Que t'arrive-t-il ? demanda Jordane.

– Ce grondement ! C'est intolérable !

– Quel grondement ?

– Je suppose que ce sont les moteurs ?

– C'est vrai que tu es sensible aux infrasons, se rappela Jordane.

Elle fouilla dans son sac et en sortit deux minuscules oreillettes reliées par un fil; elle les tendait à Béni lorsqu'une embardée du yacht les projeta par terre. Les moteurs rugirent, audibles, et le saurien la regarda d'un air effaré.

– Par le sang ! s'exclama-t-il. Ça aussi, c'est normal ?

Une nouvelle embardée les jeta l'un sur l'autre tandis qu'une sirène d'alarme leur vrillait les tympans.

Jordane blêmit. Allaient-ils périr maintenant que le plus dangereux s'était déroulé sans encombre ?

– *Attention, attention,* intervint alors une voix grave et posée. *Nous sommes arraisonnés. Il ne se passera rien de grave si vous restez calmement dans vos cabines. Seuls sont autorisés à sortir l'ambassadeur des Oï-Tîkî, Jordane Ibère et Ange Costel. Nous les prions instamment de nous rejoindre au poste de pilotage.*

Béni jeta un regard interrogateur à Jordane qui haussa les épaules avec une moue d'ignorance.

– J'ignore ce qui se passe, dit-elle après quelques instants de réflexion. Les actes de piraterie sont plutôt rares dans notre système solaire, surtout si près d'un convertisseur. Quant aux contrôles douaniers, en principe, on les réserve aux astroports. Et dans ce cas précis, je ne vois pas pourquoi nous serions convoqués tous les trois. Bah ! Allons-y, il n'y a pas d'autre moyen d'être fixés et quant à nous échapper, la solution de la sortie incognito dans l'espace en scaphandre me semble quelque peu privée d'avenir !

Les coursives étaient désertes et la jeune fille et son compagnon atteignirent sans encombre le poste de pilotage. La porte coulissa devant eux et Jordane eut un mouvement de recul en découvrant les trois hommes en combinaisons noires armés de pistolets-laser. Mais les gueules des armes braquées sur eux étaient plus dissuasives encore que l'injonction d'entrer sans résister et elle pénétra dans la pièce, suivie par l'Oï-Tîkî dont elle sentait l'excitation.

L'un des hommes leur fit signe de rejoindre le groupe du commandant, du copilote et du navigateur, tenus en respect dans le coin droit de la cabine par un quatrième individu.

Puis Ange arriva à son tour et sa pupille oublia sa propre peur pour jouir de l'affolement qui déformait ses traits. Ce ravissement s'accrut encore lorsque le porte-parole du groupe, après une sèche inclinaison du buste, prit le biologiste à partie.

– Ser Costel, je suppose ? Vos grimaces masquent quelque peu l'air fat et satisfait de l'Immortel mais il me semble bien reconnaître vos traits.

Fouetté par l'insulte, Ange se redressa et, sur un ton hautain qui convenait mal à la situation, s'exclama :

– A qui ai-je l'honneur... ou supposé tel ?

– Seigneur, mais où avais-je la tête ! Oublier les présentations de salon. Je vous prie de ne point m'en tenir rigueur. Nous sommes tous membres actifs – comme vous l'avez sans doute remarqué – de la Ligue internationale pour la protection des peuples et j'en suis le président.

– La Lipp ? Et alors ? maugréa Ange qui avait baissé la tête pour fuir le regard méprisant de son interlocuteur.

– Et alors, Ser Costel ? Dois-je croire que vous me posez *réellement* la question ? Que vous ne comprenez pas la raison de notre intervention ? L'ambassadeur des Oï-Tîkî doit avoir moins de mal à en saisir le sens.

– Du vent, tout ça, de la fumée ! le brava Ange qui retrouvait quelque courage de se sentir acculé tout au fond d'une impasse.

– Que non, sacredieu ! Nous vous enlevons, Ser Costel, et votre cargaison d'immortalité en flacons avec vous, ainsi que votre pupille-interprète et cet Oï-Tîkî qui sera certes plus en sécurité dans notre base qu'entre les mains rapaces du SS.

– Et après ? Qu'attendez-vous de nous ? L'immortalité pour tous les membres de la Lipp ?

– Ne soyez pas insolent, Ser Costel. Ce que nous attendons de vous, c'est que vous synthétisiez le principe actif du sérum oï-tîkien. Nous ne vous relâcherons pas avant que vous ayez trouvé le moyen de le reproduire artificiellement. Je trouve regrettable de devoir vous y contraindre.

Avouez que vous auriez dû y penser avant de faire connaître votre découverte.

– Je n'ai pas eu le choix, marmonna Ange.

– Espérez-vous m'en convaincre ?

– C'est vrai, intervint Jordane que la suffisance assurée de leur agresseur exaspérait.

– De toute façon, maintenant, le mal est fait, à vous de le réparer et nous sommes prêts...

La porte a coulissé silencieusement et, dans un bond félin, Marilys fait son entrée en scène, revolver au poing. Mais elle a négligé le pirate préposé à la garde de l'équipage. Il est hors du champ de l'arme et Jordane, les yeux exorbités, le voit relever très doucement le canon de son fusil-laser et le braquer sur l'assaillante.

Le premier coup est parti, emportant la main et l'arme qui menaçaient le groupe. Un deuxième rayon meurtrier perfore la tête de Marilys d'une oreille à l'autre.

La jeune femme vacille, fait quelques pas en titubant, ses genoux fléchissent et cela dure, dure, elle devrait être morte, elle porte d'un air étonné une main au trou béant dans son crâne et cette main... cette main... c'est celle qui vient d'être désintégrée ! Une protubérance sombre est en train d'y pousser, qui prend la forme d'une arme...

– Elle n'est pas humaine ! crie Jordane. Sa main ! Regardez sa main ! C'est une entité protoplasmique.

L'homme qui vient de tirer règle le curseur de son fusil sur la décharge maximale et fait feu sans attendre.

Dans le faisceau lumineux, la jeune femme se tord, grésille et se change en une masse informe, visqueuse et sombre, qui émet un chant curieux et tellement plaintif qu'il arrête le meurtrier.

– Un solarien ! murmure ce dernier en s'approchant de la créature. Ils existent donc réellement !...

– Il ne faut pas me tuer, chante la gelée parcourue de frissons. En ce moment, tous les miens souffrent, sur Solaris. Prenez-les en pitié, nous ne voulons aucun mal aux humains.

– Tirez ! hurle Ange. Mais tirez donc ! Vous ne voyez donc pas que c'est en train de se reconstituer ? Si vous ne le tuez pas, c'est lui qui vous tuera !

Deux faisceaux croisés terminent l'anéantissement commencé. La terreur devant l'Inconnu a vaincu. Le président de la Lipp s'interpose trop tard. La créature s'est évanouie en même temps que son chant déchirant.

– Qu'est-ce que c'était ? demande Béni dont les écailles ont viré de couleur, accusant un trouble intense.

– Une extension d'un océan protoplasmique qui recouvre la plus grande partie de Solaris, une planète du système de Rigel, lui explique Jordane. Cet océan a la réputation d'être un énorme vampire mental et de pouvoir reproduire n'importe quelle forme de vie avec sa conduite appropriée pourvu qu'il y trouve une gratification.

– Mais ce que nous ne savions pas, jusque-là, continue Ange en oï-tîkien à l'intention du saurien, c'est que les pseudopodes restaient en contact avec la pieuvre quelle que soit la distance qui les en séparait. Je me demande comment c'est possible...

Furieux de leur réaction, le président de la Lipp invectivait ses hommes qui reprenaient difficilement leurs esprits. Il se tourna vers Ange et lui demanda de bien vouloir se prêter au transfert sans résistance. Le biologiste haussa les épaules avec résignation mais Jordane, exaspérée, se précipita sur lui.

– Espèce de limaçon, gronda-t-elle. Vas-tu te laisser faire pendant toute ton éternité ? Faut-il que de la gelée te montre l'exemple et que tu n'en tires même pas profit ?

– Tu devrais être contente, lui lança Ange, sarcastique, tandis que deux pirates la maîtrisaient et qu'un troisième lui appuyait un injecteur sur le cou. N'ont-ils pas décidé de prendre soin de tes chers lézards ?

Glacée par l'anesthésiant percutané, Jordane formula une réponse cinglante qui ne devait jamais passer la barrière de ses lèvres déjà paralysées. Elle s'éloignait d'elle-même à toute vitesse. Avant de perdre conscience, elle eut la satisfaction de voir un pirate s'écraser contre un des murs de l'habitacle grâce au saurien, venu à sa rescousse. Ensuite, tout devint vide et noir.

17

Grosse boule rouge à l'horizon, le soleil se faisait dévorer par la mer. L'air très doux se chargeait des parfums exhalés par les mille plantes aux essences rares qui foisonnaient autour de la terrasse.

Pie XIV saisit une coupe ciselée où stagnait un liquide lourd aux reflets argentés que les tremblements de sa main sénile agitèrent à peine. Il but une longue gorgée et sa langue claqua de satisfaction contre son palais.

– Que Dieu bénisse les vignerons d'Ishtar ! s'exclama-t-il. Ce vin est un nectar.

Son compagnon eut un cillement qui se voulait approbateur et retourna à sa torpeur.

Sur les pilastres blancs du palais d'été de Sa

Sainteté, l'ombre bleue du crépuscule avalait la lumière.

Happées à leur tour, les figurines de la corniche sculptée s'animèrent pour quelques instants de vie occulte, livrèrent combat contre l'envahisseur nocturne et, vaincues, s'éteignirent.

– Capri, ou la douceur de vivre, murmura le souverain pontife après avoir sacrifié une nouvelle fois au vin d'Ishtar. Nous devons rendre grâce à Jean XXXIV pour avoir eu l'idée grandiose de coloniser cette île. Le Vatican est tellement ennuyeux !

– C'est le moins qu'on puisse dire, grommela l'éphèbe blond et languide qui reposait à ses côtés sur le lit circulaire encastré dans le dallage en carrare.

– Quand je pense que nous sommes désormais immortels ! En as-tu pris conscience ? Quel effet cela te fait-il ?

– Je n'arrive pas à y croire... Et puis l'idée de passer mon éternelle jeunesse derrière les murs du Vatican avec tes chiens de garde trop fidèles !...

– Tu connais la cité administrative qui se trouve au nord de cette île ?

– Oui, pourquoi ?

– Je vais la faire agrandir et y transférer les principaux services du Vatican. Qu'en dis-tu ? Nous pourrions vivre à Capri toute l'année. L'aéroport est aisément transformable... et avec le pont de cristal, la liaison avec la côte ne pose aucun problème.

– C'est une idée, acquiesça son interlocuteur, sans grande conviction.

– Mon petit Moïse, depuis que tu t'es fait enlever par ces maudites femelles, tu as perdu ton enthousiasme. Secoue-toi, bon sang, ou je vais finir par me lasser de ta triste figure.

– Eh bien, si tu me renvoies, je cesserai au

moins d'avoir à supporter ce surnom ridicule! répliqua le jeune homme avec humeur.

– Allons, cesse de bouder, je vais te faire une promesse. Maintenant que je ne cours plus le risque de mourir d'un jour à l'autre, je vais recommencer à voyager. Tu m'accompagneras. Et si nous nous faisons enlever, au moins, ce sera ensemble!

Une lueur d'intérêt réveilla les yeux bleus du cardinal camerlingue; il se retourna sur le dos et, s'appuyant sur ses avant-bras rejetés en arrière, ce qui faisait saillir ses muscles fins et huilés, il coula un regard de biais à l'effet assuré en direction de Sa Sainteté.

– Tu parles sérieusement? interrogea-t-il avec une petite moue complaisante.

– Coquin! Mettrais-tu la parole de ton chef spirituel en doute? souffla Pie XIV. Tu ferais mieux de me servir à boire.

Le cardinal emplit la coupe de son protecteur et la posa sur une tablette insérée dans le lit.

Pie XIV s'approcha, tenaillé par une autre soif que celle du vin d'Ishtar et ce fut Moïse qui remarqua le tressaillement du fluide d'habitude inerte dans son écrin de cristal.

– Regarde, s'étonna-t-il. Regarde comme il bouge.

Pie XIV interrompit ses caresses et blêmit en voyant des vaguelettes courir et bientôt s'entrechoquer à la surface du liquide.

– C'est tout à fait anormal, murmura-t-il. Sur Ishtar, des crêtes à la surface du vin d'argent annoncent un séisme. Mais ici? Un tremblement de terre imminent aurait forcément été détecté par les sismostats...

La coupe déborda et les deux hommes prirent conscience du silence anormal qui venait d'engluer l'île. Oppressé, le jeune homme se leva.

Dans un mouvement inconscient, ses deux mains s'unirent et se tordirent tandis que sa tête, penchée sur le côté, se tendait en avant comme pour mieux écouter cette nature dont le cœur s'était arrêté de battre.

Alors un chien se mit à hurler à la mort et l'île commença un impossible mouvement de danse sur le tempo d'une basse démoniaque.

— Le Vésuve ? s'étonna Pie XIV en s'extirpant avec difficulté de la couche moelleuse.

Soutenu par Moïse, il gagna l'extrémité de la terrasse qui donnait sur le continent et vit avec stupéfaction l'immense pont de cristal plier et se cabrer comme s'il était roué de coups par un géant invisible et furieux.

— Regarde ! s'exclama Moïse, le visage décomposé.

Il montrait du doigt la mer, au pied de l'île, que les ventres d'un millier de poissons constellaient, très blancs sur le bleu noir de l'eau.

— Il va y avoir une éruption, constata Pie XIV en recouvrant son assurance.

— C'est tout l'effet que ça te fait ? vociféra son compagnon pris de panique. Il faut partir d'ici !

— Calme-toi. Capri est suffisamment loin du volcan. Nous ne risquons rien. D'autant que ce doit être une éruption bénigne pour qu'on ne m'ait pas prévenu. C'est une chance que la nuit tombe, nous allons être aux premières loges.

Dans la cheminée du Vésuve, les gaz se sont accumulés sous la lave trop visqueuse. La pression atteint son point critique, le dépasse, et le bouchon rocheux qui obstruait encore le cratère explose en même temps que le sommet de la montagne.

D'une violence inouïe, la déflagration livre passage à des millions et des millions de mètres cubes de roches incandescentes morcelées ou pulvérisées. La masse gazeuse s'en imprègne et se dilate avec une extrême vitesse en tous sens. Une partie glisse vers la baie de Naples le long des parois du volcan, le reste, panache dense et voluté, s'élève à plusieurs kilomètres dans l'atmosphère et fait mouvement vers la mer tyrrhénienne à une vitesse prodigieuse.

Médusés, Pie XIV et son protégé ont assisté à l'éjaculation terrible de la semence tellurique. Tous les feux de l'enfer l'ont suivie et maintenant, dans un roulement de tonnerre ponctué de claquements et de détonations, ils voient une langue de flammes encercler les nuages traversés d'éclairs qui roulent au-dessus de la fournaise.

Serrés l'un contre l'autre, en proie à cette peur cosmique que seule fait naître la déliaison des forces naturelles, hypnotisés par la vision dantesque, ils réalisent trop tard que cette mort en mouvement, c'est la leur. A l'abri d'une masse de gaz en expansion, le formidable aérosol vient droit sur eux.

Sur l'île de Capri, deux silhouettes fuient en hâte ce qui fut un havre de délices. Elles n'atteindront jamais l'aéroport. Les ignimbrites referment sur elles les 800°C d'une étreinte enflammée. Ordalie... Jamais l'immortalité ne fut antidote à la mort.

⁂

22 heures. Lazare Le Brome sort du *Negresco,* le sourire aux lèvres, guidant d'un doigt son lourd sac de voyage qui flotte devant lui grâce à son inducteur d'antigrav. Il se retourne une dernière fois vers le palace le plus prisé de Nice et de toute la Côte d'Azur et contemple avec une moue d'ap-

probation la façade baroque illuminée. La réputation de l'illustre hôtel n'est pas usurpée. Un séjour sur cette parcelle du monde préservée des outrages du temps et du néo-modernisme vaut bien qu'on y consacre une fortune.

De l'autre côté de l'avenue, sur l'antique Promenade Dézanglée, le « taxi » commandé par la direction de l'hôtel attend déjà le célèbre animateur. C'est un orthoptère carrossé en Bugatti Royale et dont, ailes rentrées, on jurerait qu'il va se mettre à rouler.

Le Brome jette un dernier regard sur la plage baignée par les eaux calmes de la Méditerranée et y discerne un grouillement de formes couinantes.

— Des rats ! s'exclame-t-il avec un haut-le-cœur.

A ce moment, un mouvement contre ses jambes lui fait baisser la tête. Il découvre un surmulot qui chancelle en tournant sur lui-même comme un ivrogne et qu'entoure une portée de ses petits non moins désorientés. Deux des minuscules rongeurs sont en train d'escalader la botte de daim de l'animateur comme s'ils espéraient y trouver un refuge. Ils couinent lamentablement lorsqu'un revers de main brutal les déloge, et titubent vers une douzaine de leurs congénères vacillants dont le comportement est tout aussi incompréhensible.

Le Brome ouvre son véhicule et saute à l'intérieur en claquant la portière qu'il verrouille aussitôt comme si sa vie en dépendait. Prenant conscience de son attitude peu glorieuse, il éclate de rire, mais ce rire rend un son si faux, si forcé, qu'il accentue encore son malaise.

Mû par un pressentiment, il se hâte de décoller, fonce vers l'aéroport et, gagné par une irrésistible panique, se pose en catastrophe auprès de son aérodyne.

Nonchalamment adossé au fuselage, son pilote

l'attend, la casquette glissant sur l'œil, un joint Turner mâchouillé au coin des lèvres.

– Embarque, Pierre, hurle Le Brome en sautant de l'orthoptère. Je veux être parti d'ici dans trente secondes !

– Y a le feu ? Vous avez les gonzes à vos trousses ?

– Sang du Christ ! Un mot de plus et je te tords le cou.

Au moment où, d'une bourrade, l'animateur va forcer son pilote à obtempérer, la terre se met à vibrer dans un grondement infernal. Une crevasse s'ouvre à la gauche des deux hommes, engloutissant la Bugatti.

– Bon Dieu ! gémit Pierre en se ruant dans le cockpit de l'aérodyne.

Le Brome bondit à ses côtés et, d'une main fébrile, l'aide à brancher les contacts tandis que leur véhicule fait un quart de tour, emporté par un mouvement tournant du sol en train de glisser vers la crevasse béante.

A la dernière seconde, Pierre arrache l'appareil à sa pesanteur mortelle.

– Sauvés ! souffle Le Brome en expirant l'air bloqué dans ses poumons depuis une éternité. Par la Bulle, j'ai bien cru que nous allions y rester !

Une embardée violente de l'aérodyne ponctue sa phrase, comme un déni à son soulagement.

Pierre réussit à redresser l'appareil qui se trouve maintenant au milieu de la baie des Anges, face à la côte, et son visage se décompose.

– Miséricorde, murmure-t-il d'une voix presque inaudible.

Les yeux exorbités, Le Brome découvre à son tour l'hallucinant spectacle. Devant eux, la ville est en train de se plier comme un accordéon. Les immeubles illuminés témoignent d'un invraisemblable mouvement de translation du haut vers le bas comme si les Préalpes se mettaient à couler vers la mer, charriant dans leur flux l'habitat qui les recouvre. Les lumières citadines clignotent avant de s'éteindre par quartiers entiers. Quelques instants plus tard, tout est fini, la nuit recouvre tout, dissimulant dans ses plis noirs les agonies de ceux qui ne sont qu'à moitié ensevelis.

Un long moment, Le Brome demeure silencieux.

Son énergie finit par dominer son marasme. Simultanément réapparaît la vieille déformation professionnelle. Après tout, la destruction de Nice, c'est un scoop. Et un scoop, c'est beaucoup d'argent à la clé.

L'animateur appelle le siège européen du TTT, demande la priorité absolue, explose lorsqu'on la lui refuse. Il se calme en apprenant l'éruption du Vésuve et la quasi-certitude de la mort de Pie XIV dans son palais de Capri transformé en four crématoire par une émission d'ignimbrites.

Lorsqu'on lui passe enfin l'antenne, il fait son récit comme à son habitude avec le maximum d'accents dramatiques et de trémolos dans la voix.

– Charognard ! grogne Pierre, écœuré, mais d'une voix inaudible.

– *Acta est fabula,* termine Le Brome avec satisfaction en arrêtant la transmission.

Il éclate d'un rire qui grasseye, et s'étire en bâillant bruyamment.

– Par le dam, je regretterai le *Negresco,* reprend-il. C'était vraiment la grande vie. Pas étonnant que je me sente fatigué. Dis-moi, Pierre, combien de temps reste-t-il avant l'atterrissage à Tokyo ?

– Une petite heure.

– Parfait. Je vais en profiter pour dormir. Il sera 6 ou 7 heures lorsque nous arriverons là-bas, autant dire que je n'aurai guère le temps de me reposer avant mon rendez-vous de 8 heures.

Il sort d'un vide-poches un hypnotique séquentiel à effet immédiat, l'avale dans un bruit disproportionné de déglutition, modifie son siège en position couchette, se tortille dans tous les sens à la recherche de la position idéale, sombre enfin dans un sommeil sans rêves.

⁂

Le sourire du petit homme dévoilait largement les deux rangées de ses dents impeccablement blanches.

Le Brome ne lui renvoya qu'une grimace caricaturale, il commençait à se fatiguer. Il pensa qu'il aurait dû compter le nombre de sourires et de courbettes dont l'avait gratifié le Japonais depuis le moment où il l'avait accueilli. Ce nombre devait être impressionnant.

– Quel dommage que vous ne soyez pas arrivé hier, se lamenta le petit homme. Vous nous auriez aidés à recevoir la délégation oï-tîkienne. Ces sauriens sont charmants mais ils n'ont pas eu l'air d'apprécier beaucoup notre cuisine traditionnelle. Ils ne se sont guère intéressés qu'à nos champs de pavots.

– Rassurez-vous, vous n'étiez pas en mesure de les contenter : ils n'aiment que se dévorer entre eux.

– Oh ! s'offusqua son interlocuteur. Je croyais qu'ils étaient vos amis...

– Ces lézards ? Ces pleutres qui n'ont pas offert l'ombre d'une résistance ? Ces débiles qui se jettent d'eux-mêmes dans la gueule du loup ? Pensez-vous vraiment qu'ils pourraient être mes amis ? Ne confondez pas la publicité et les sentiments, très cher. Ni en ce qui touche aux Oï-Tîkî ni en ce qui vous concerne. Croyez-vous que j'ai la moindre envie de visiter vos villes sous-marines ? L'idée seule me rend claustrophobe. Si vous n'aviez pas usé d'arguments on ne peut plus convaincants, jamais je n'aurais accédé à vos désirs.

– Je suis content que ces sauriens soient partis, finalement. Ils ont beaucoup de mal à comprendre l'avidité et le matérialisme des gens comme vous.

Les deux hommes s'affrontèrent du regard et l'on pouvait lire autant de mépris dans les yeux de Le Brome que dans ceux du Japonais. Aucun n'était prêt à admettre la conception du monde de l'autre.

Le Japonais céda le premier et se frotta le front avec violence comme pour y effacer une empreinte spécialement dégoûtante.

– Je crois que je vous comprends encore moins que je ne comprends ces sauriens, soupira-t-il avec un rictus d'amertume.

Le Brome se dispensa de répondre qu'il s'en fichait éperdument. Il ne voyait pas l'intérêt d'essayer de comprendre des lézards cannibales; cela ne lui semblait pas un bon moyen de leur voler leur immortalité. Si les lézards devenaient des *gens,* ils seraient plus difficiles à éventrer. Tant qu'ils restaient des sous-êtres et pour tout dire du bétail, tout était pour le mieux dans le meilleur des mondes.

Dans le mois qui avait suivi l'enlèvement d'Ange Costel, l'opinion publique s'était émue à tel point que l'on avait assisté, sur Dante, à une ruée incontrôlable sur les Oï-Tîkî.

Résignés au pire, ces derniers avaient alors accepté d'émigrer par centaines sur la Terre et sur les planètes habitées des autres systèmes solaires pour permettre aux biologistes de redécouvrir le sérum. On savait que leur lithiase biliaire en était la souche et deux savants terriens venaient de retrouver la formule.

Après avoir été opérés, les sauriens devenaient libres de voyager où ils en avaient envie avant de regagner Dante et d'être remplacés par des « troupeaux opérationnels ». Ils ne s'en privaient pas et certains primats s'étaient plaints de leur manie de fureter partout avec une inlassable curiosité.

Le Brome haussa les épaules. La bonne volonté de ces lézards pouvait bien être payée de quelques compensations. Et si le tourisme suffisait à les contenter, cela réglait le problème à vraiment peu de frais.

Une voix agréable annonça la fin du voyage en standard et en dialecte japonais. Avec un léger vrombissement, l'hovercraft se posa sur les flots et Lazare Le Brome sentit se pincer quelque chose à l'intérieur de lui. Il détestait avoir peur et il était terrorisé à l'idée qu'il allait se retrouver sous les millions de mètres cubes de cette eau japonaise.

– Vous n'êtes pas sans connaître la série de cataclysmes sismovolcaniques qui vient de s'abattre sur l'Europe ? interrogea-t-il.

– Comment pourrions-nous l'ignorer ? Les médias ne parlent que de cela depuis l'aube et, à l'heure qu'il est, nos meilleurs experts doivent être sur place.

– Vous êtes sûr que vos cités sous-marines sont réellement à l'épreuve de ce genre de catastrophes ?

– Voyons, Ser Le Brome, comment pourrait-il en être autrement ? Les risques sont trop grands. Vous savez bien que nos îles sont les parties émergées d'arcs tectoniques actifs.

– Justement. Cela n'a rien de rassurant.

Ils avaient pris pied sur l'une des superstructures flottantes qui desservaient la cité.

Le Brome suivit le Japonais dans le premier sas de pressurisation. Une sensation intense de claustrophobie l'envahit en même temps qu'il sentait l'air devenir plus dense et peser sur ses tympans.

Face aux deux hommes et à la dizaine des autres visiteurs qui s'apprêtaient à descendre avec eux, la porte étanche chuinta et s'ouvrit en sifflant. Le Brome déglutit avec bruit pour se déboucher les oreilles et entra à contrecœur dans la cabine du premier ascenseur.

Lorsque la porte se fut refermée et que la descente vers les profondeurs commença, le petit homme se tourna vers l'animateur.

– Voici le seul moment où vous courez un risque, expliqua-t-il avec un sadisme calculé. Si un tsunami passait au-dessus de nous tout de suite, la structure ascenseur se briserait dans un cas sur mille. Telles sont les statistiques. Quant à la ville elle-même, vous y seriez bien plus en sécurité que sur les îles.

– Voilà qui me rassure ! lâcha l'animateur sur un ton sarcastique avant de sortir de l'habitacle pour entrer dans le second sas de pressurisation.

Lorsqu'ils eurent franchi les six paliers et qu'ils furent arrivés à destination, ils empruntèrent une bulle pour se rendre au centre où se trouvaient les hôtels.

– Où allons-nous ? interrogea Le Brome.

– Au *Dauphin d'Or*. Vos techniciens sont arrivés hier et c'est là qu'ils ont choisi de descendre.

Illuminée par des milliers de lumiducs reproduisant parfaitement la lumière du jour, la ville grouillait de vie et ressemblait à n'importe quelle autre cité terrestre. Pourtant l'animateur ne parvenait pas à oublier le dôme caché par les lumières et sur lequel pesait la mer du Japon. Cette mer, il devait bien y avoir un endroit d'où l'on pouvait la contempler ? Il lui fallait la voir, pour s'en exorciser. Peut-être, en affrontant sa réalité, parviendrait-il à se libérer du malaise qui tordait ses entrailles.

Il avala discrètement une gélule afin de ne pas avoir à affronter un séisme intestinal à défaut d'un tremblement de terre, et soumit sa requête au Japonais.

Celui-ci reprogramma la direction du véhicule et, quelques minutes plus tard, Le Brome montait dans l'un des puits ascensionnels qui menaient aux « points de vue » de la cité.

La plate-forme était vaste, plongée dans l'obscurité et encombrée de visiteurs. De puissants projecteurs éclairaient la mer au-delà du dôme, révélant le spectacle féerique de la vie sous-marine.

L'animateur n'était pas un contemplatif. Il se lassa d'autant plus vite du spectacle que celui-ci aggravait son malaise. La faune qui se cognait contre le plastique du dôme lui semblait prise de délire. Et devenait-il paranoïaque ? Ou une véritable tension émanait-elle des occupants de l'esplanade anormalement silencieuse ?

Le Brome se sentait englué dans un marécage d'angoisses exacerbées, et lorsqu'il ressentit la première vibration, c'était une telle confirmation de ce qu'il cherchait en vain à s'expliquer qu'il demeura cloué sur place, les yeux rivés sur le paysage sous-marin, avec le sentiment que tout son corps se liquéfiait et qu'il ne resterait bientôt plus de lui qu'une écorce vide dont se nourriraient les poissons.

Alors la plate-forme se mit à vibrer d'une façon continue et à s'incliner vers la mer, faisant glisser ses occupants vers le dôme de protection transparent au-delà duquel l'eau secouée de tourbillons se brouillait.

Un grondement effrayant battait les tempes de l'animateur comme un roulement de tambour, et il eut soudain le sentiment qu'un démon très mal intentionné venait de le ramener à Nice, douze heures plus tôt.

Des pierres de toutes tailles s'écrasaient violemment contre le dôme et le volume sonore atteignait un niveau assourdissant.

– Vous êtes toujours aussi sûr de la résistance de ce fichu morceau de plastique ? hurla-t-il à l'adresse du Japonais que l'angle inhabituel de l'esplanade avait collé contre lui.

– Aux séismes, oui, hurla le petit homme en retour, mais à une éruption sous-marine aussi proche, comment savoir ? Les pires statistiques n'ont jamais prévu cette éventualité !

– Une éruption sous-marine ?

– Ces formations pyroclastiques ne peuvent avoir d'autre origine. Lorsque les roches incandescentes entrent en contact avec l'eau, elles sont vaporisées et leur chaleur se transforme brutalement en énergie explosive...

Lazare Le Brome eut à peine le temps de murmurer « Miséricorde ! » Dans un fracas de fin du monde, la plate-forme manqua soudain sous ses pieds tandis que le dôme cessait de résister aux pressions formidables de l'océan furieux.

18

Nébuleuse. Brouillard des micro-lumières accrochées au crêpe funèbre du néant.

Froid. Ma vie est en cendres. Ses paillettes tourbillonnent dans les vents stellaires.

Nébuleuse. De la poussière d'étoiles sur le

velours noir de la nuit. Catafalque magnifique pour mes atomes éparpillés.

Froid. Mon cœur sonne le glas... Croque la mort, petite fille, ses ossements sont blancs comme du sucre candi, glacés comme un sorbet.

Au-dessus de la couche où Jordane s'agite, un Oï-Tîkî se penche. « Réveille-toi, réveille-toi » implorent ses yeux inquiets tandis que ses cinq doigts fuselés aux griffes limées glissent sur le corps bleui pour en éprouver la température.

Toujours trop basse.

Le saurien pousse le curseur du thermostat pour augmenter la chaleur du lit mais son geste furtif n'échappe pas au médic qui surveille le retour à la conscience de la jeune fille.

— Ça ne sert à rien, grogne-t-il. Ça ne la ranimera pas plus vite, au contraire; une sensation de chaleur risque de l'inciter à se rendormir.

Enfin Jordane entrouvre ses paupières, les referme aussitôt sur la clarté trop vive que réverbèrent les murs clairs et brillants de la pièce; son regard papillote longtemps avant d'accommoder et de se fixer sur le visage oï-tîkien.

— Béni ? murmure-t-elle d'une voix faible.

— Par le sang, Jor-ân' ! Je me demandais si tu allais sortir un jour de ta léthargie !

Le médic s'est approché pour effectuer quelques contrôles de routine.

— Qui c'est celui-là ? demande la jeune fille. Et où diable sommes-nous ?

— Je m'appelle Gélase, intervient l'homme, et je suis cryothérapeute. Vous êtes sur une base secrète de la Lipp et je suis ravi d'entendre le son de votre voix. Lorsqu'on vous a transférés ici, l'ambassadeur et vous, vous étiez sous hypnotiques profonds.

– Bande de brutes ! Je me souviens, maintenant. Quelle saloperie, ce truc qu'ils m'ont injecté, je me sens gelée et aussi faible que si j'avais jeûné depuis huit jours...

– Un peu plus de quatre mois, en fait.

– Pardon ?

– Nous vous avons mis en animation suspendue, l'Oï-Tîkî et vous, pendant que votre oncle cherchait à reproduire artificiellement le sérum. C'était un moyen de vous éviter la sensation d'emprisonnement. La base est très petite.

– Sang du Christ ! Quatre mois ! Et il a trouvé ?

– Non.

– Vous allez nous rendormir, l'ambassadeur et moi ?

– Ce n'est plus la peine. Les Oï-Tîkî n'ont plus besoin d'être protégés des hommes.

– Seigneur ! Ils ont été exterminés ! souffle Jordane pour qui la défaite des sauriens ne fait aucun doute.

– Pas tout à fait, mais il s'agit d'un sérieux nettoyage par le vide. Personnellement, je trouve qu'ils ne l'ont pas volé, mais ne le répétez pas à notre président. Il serait furieux.

Jordane jette au médic un regard incrédule et réussit à se lever pour se précipiter sur lui.

– Monstre ! hurle-t-elle en se cramponnant à la combinaison de l'homme pour ne pas tomber car ses jambes se dérobent sous elle. Comment osez-vous parler ainsi !

– Allons, allons, dit le médic conciliant avant de la rallonger sur le lit. Je retire ces paroles, l'ambassadeur s'est trompé, il s'imaginait que la victoire de son peuple vous ferait plaisir.

– Pardonne mon égoïsme, Jor-ân', grommelle Béni dont la queue bat le sol et qui a baissé le front pour éviter le regard de Jordane.

Celle-ci se prend la tête à deux mains et la

secoue comme pour en faire tomber les images qui s'y superposent en désordre.

— Je n'y comprends rien, gémit-elle. De quoi parlez-vous ? Qui a gagné contre qui ?

— Les Oï-Tîkî. Vous n'aviez pas compris ? s'étonne le médic. Pardonnez-moi de n'avoir pas été suffisamment clair. Ce sont les nouveaux maîtres de l'univers.

— Seigneur ! murmure Jordane. Ainsi, ils se sont tout de même défendus.

— Pardonne-nous, Jor-ân', implore Béni. Beaucoup des tiens sont morts, mais vous étiez tellement nombreux, jamais vous n'auriez pu accéder à l'immortalité.

La jeune fille se met à rire, à rire sans pouvoir s'arrêter.

— Et moi qui vous croyais victime d'un génocide, hoquette-t-elle. J'aurais bien dû penser que les anciens ne se laisseraient pas faire !

Ne sachant trop quelle conduite adopter face à cette explosion nerveuse, Béni découvre ses petites dents coniques dans le simulacre de sourire qu'il réserve aux grandes circonstances. Le médic lui donne une tape amicale dans le dos.

— Vous aviez raison, finalement, le rassure-t-il. Elle se réjouit de la victoire oï-tîkienne. Il faut qu'elle mange et qu'elle dorme, maintenant. Après, elle devrait pouvoir se lever.

***

— Des morts par milliards, c'est tout l'effet que ça vous fait ? s'exclama le président de la Lipp, les lèvres serrées par la colère.

— Mon cher Enguerran, ne prenez pas cet air offusqué ! intervint Ange. Ma pupille a raison. Si les hommes étaient restés aussi nombreux, jamais ils n'auraient pu accéder tous à la longévité oï-tîkienne. En manipulant la nature, ces sauriens ont favorisé une sélection aléatoire qui devrait avoir l'heureux résultat de nous éviter des guerres fratricides.

– Ils n'avaient pas le droit d'attaquer sans sommation !

– Le droit ? Attaquer ? Ils ont gagné sans coup férir, par le seul biais des éléments.

– Ser Costel, vous êtes d'une incroyable mauvaise foi.

– Vous cherchez à me faire dire que les Oï-Tîkî sont les agresseurs. Mais alors, pourquoi donc m'avez-vous enlevé ?

– Quelle déception, hein ? assena méchamment Jordane. Vous n'avez pas pu jouer votre rôle magnifique de sauveur des peuples ! Les Oï-Tîkî se sont passés de vous !

– Mais enfin, vous êtes humains ! Comment pouvez-vous défendre l'impérialisme qui menace votre race ? L'univers tout entier est entre leurs mains – enfin, quand je dis mains !.... et la Terre, le berceau de notre civilisation, saccagée, bouleversée, dévastée...

– Et cetera, le coupa Jordane qui ajouta avec cynisme : cela donnera du travail à plein de monde. Des géographes aux ouvriers du bâtiment !

– Des villes entières ! reprit le président de la Lipp que l'interruption n'avait pas fait sortir de sa transe. Rayés des cartes des mondes comme de simples pions sur un échiquier ! Un jeu... Ils nous ont détruits comme s'ils s'adonnaient à un jeu.

– C'est exactement ça, confirma Jordane. Un Oï-Tîkî qui ne joue pas est un Oï-Tîkî qui a perdu le goût de vivre. Ce peuple a la passion de jouer. Il est bien regrettable que les hommes ne se soient pas rendu compte qu'ils venaient d'ouvrir un jeu dont ils n'étaient pas maîtres. Seuls les Oï-Tîkî en connaissaient les lois.

— Les lois ? Et quelles lois, sang du Christ ?

— Celles de la nature. Les hommes ont tout misé sur l'immortalité, ce mirage, et ils ont tout perdu, jusqu'au sol qu'ils foulaient sous leurs pieds.

— Allons, intervint Ange, cessez de faire assaut de grandiloquence, tous les deux. Dramatiser ne sert à rien tant que nous ignorons les intentions oï-tîkiennes... et nous allons être fixés dans quelques minutes si j'en crois le vieux chronoscope qui orne ce mur.

— Donne-t-il l'heure standard exacte ? demanda Jordane.

— Oui, maugréa Enguerran de Saint Just.

Comme pour confirmer cette affirmation, cinq de ses hommes entrèrent dans le salon panoramique dont la coupole de plastique transparent révélait le vide interstellaire. Graves et silencieux, ils s'installèrent face au récepteur du TTT et se figèrent comme des statues.

Lorsque Béni arriva à son tour, il parut troublé par le silence qui s'appesantissait sur la petite assemblée. Les figures incongrues d'une réclame pour le lait Galacta dansaient un ballet privé de sens devant le récepteur. Pour se donner une contenance, le saurien traversa les images et poussa un curseur sur le tableau de contrôle du poste.

Tonitruant, le son vulgaire de la publicité envahit le salon. Béni sursauta et se retourna vivement pour en régler le volume. Ce faisant, sa queue balaya brusquement le sol et faucha un guéridon où s'étaient entassés verres sales et cendriers pleins qui se brisèrent dans un tintamarre cristallin.

Jordane éclata de rire devant l'air consterné du

saurien, bientôt imitée par le reste de l'assistance, trop contente d'avoir un motif de moquer l'envahisseur balourd.

Béni se joignit à leur chœur dont il ne soupçonnait pas la malveillance, mais les accents tonitruants de sa voix restèrent en suspens car un présentateur venait de remplacer les acteurs de la publicité.

– Nous sommes aujourd'hui sur Dante, la planète des immortels Oï-Tîkî, annonça l'homme du TTT. L'un d'entre eux va prendre la parole dans un instant pour s'adresser à ses frères et aux humains survivants dans l'univers tout entier. Cette émission est diffusée en astrovision. Il n'y en aura pas d'autre. Les Oï-Tîkî n'ont qu'un message à transmettre et ils trouveraient très ennuyeux d'avoir à se répéter. Bien sûr, ils ne s'opposent pas à une éventuelle rediffusion, dans quelque temps, notamment pour les mondes dont les récepteurs seraient actuellement hors d'usage.

L'angle de prise de vues changea, révélant un Oï-tîkî massif et voûté.

– Par le sang, c'est l'ancêtre ! s'exclama Béni d'un air étonné.

– L'ancêtre ? répéta Jordane sur un ton interrogateur.

– Nous l'appelons « la mère du monde ». Nos textes les plus anciens la mentionnent. Elle est si vieille que nous ignorons son âge et qu'elle-même l'a oublié.

Jordane dévisagea la vieille femelle. Elle avait le sentiment qu'elle aurait pu la toucher. Magie de l'holovision. L'Oï-Tîkî les regardait de ses petits yeux vifs et seuls son corps massif et la couleur indéfinie de ses écailles ternies trahissaient l'immensité de son âge.

– Tîkî-Tîlï-Tîl ! prononça-t-elle distinctement

en écartant ses mains avant de les claquer mollement sur son ventre dans le geste traditionnel du salut oï-tîkien.

– Est-elle encore capable de chasser? chuchota Jordane avec un clin d'œil narquois à l'adresse de Béni.

– J'en doute, murmura Ange en souriant comme sa pupille de l'air courroucé du saurien.

– Fils et filles de Tîkî, reprenait l'ancêtre, je sais que vous vous êtes bien amusés sur les mondes inconnus des humains. Vous n'aviez pas eu de jeu si passionnant depuis des millénaires, et je regrette amèrement de n'avoir pu me joindre à vous.

– Pas tant que moi, grommela Béni. Fur-ass'! Quand je pense que j'étais le pivot du jeu! Ils auraient pu m'attendre...

– Chuttt! siffla le président de la Lipp en adressant un regard furieux au saurien.

– Je ne savais pas que vous compreniez la langue oï-tîkienne, lui lança Jordane, plus par esprit de contrariété que par solidarité véritable envers Béni.

Rougissant et ulcéré, Enguerran de Saint Just se retourna vers l'ancêtre et réprima un hoquet d'horreur en la voyant se griffer le crâne et en arracher une vaste pellicule cornée.

Jordane pouffa, s'attirant à nouveau la désapprobation de Béni.

– Qu'est-ce qu'il a? demanda avec intérêt Gélase, le cryothérapeute.

– Elle. C'est une femelle, précisa Ange. Elle est en train de muer, tout simplement. L'exuvie se détache d'abord au niveau de la tête.

Lorsque « la mère du monde » eut terminé de donner ses consignes à ceux de sa race qui allaient demeurer sur les « nouvelles aires de jeu », le sol était jonché de pelures corporelles grisâtres. Le tégument de l'ancêtre était maintenant strié de grandes bandes d'une belle couleur bronze dont la brillance contrastait curieusement avec le reste racorni des écailles.

Sans cesser de s'éplucher, elle s'adressa ensuite en standard aux humains avec l'assurance sereine – sans être pour autant écrasante – de celui qui se sait supérieur.

– Hommes, dit-elle de sa voix claire et un peu chantante, vous avez joué, du moins nous aimons à le croire, et vous avez perdu. Vous avez joué sans prudence, avec une grande témérité et, pour cela, nous vous admirons. Vous avez perdu et beaucoup des vôtres sont morts, c'est la règle du jeu. Nous ne sommes pas des colonisateurs. Nous n'allons pas vous empêcher de reconstruire vos mondes. Mais quelques milliers des nôtres vont s'implanter sur chacune de vos planètes. Ils y resteront jusqu'à l'épuisement de leur curiosité et seront alors remplacés par d'autres. De cette façon, nous serons sur place en permanence, prêts à redevenir vos partenaires si le désir vous prend d'ouvrir un nouveau jeu.

Elle s'arrêta pour se concentrer sur le fourreau de peau qui restait accroché à son lourd appendice caudal et, après s'être contorsionnée quelques instants, elle exhiba comme un trophée le lambeau rebelle.

– Hommes, reprit-elle en lissant de ses paumes ses écailles jeunes et luisantes, cet enjeu pour lequel vous avez risqué votre vie, notre longévité que vous appelez immortalité, nous sommes prêts à vous en faire le don lorsque assez de temps nous aura apporté la preuve que vous avez cessé de vous reproduire comme le mâl-ar' des mangroves.

L'ancêtre s'était mise à se dandiner; elle commença un demi-tour, comme pour quitter le plateau du studio, mais les techniciens devaient lui faire des signes de dénégation frénétique et sa tentative de sortie avorta. Elle se frottait le ventre du bout de ses doigts griffus. Elle écarta soudain les deux piliers massifs de ses jambes, sa queue se releva légèrement, et les spectateurs ahuris la virent excréter des cristaux d'une belle couleur jaune d'or.

– Qu'est-ce que c'est ? murmura Gélase, ébahi.

– Urine, expliqua Ange.

– Mais ce n'était pas fluide ! s'étonna le médic.

– Elle doit faire de la rétention d'eau. Normalement, cela n'arrive qu'en cas d'exposition à un climat désertique, mais son âge canonique peut expliquer certains dérèglements.

– De la rétention d'eau ? Et alors ?

– Et alors dans ce cas, l'ammoniaque transformée en acide urique par le foie précipite. On a donc excrétion d'une urine « solide ».

– Dis donc, elle se néglige, la reine-mère, hoqueta Jordane qui s'étranglait de rire devant un Béni d'autant plus furieux de sa réaction qu'il était lui-même outré par l'incontinence de l'ancêtre.

Les Oï-Tîkî ne libéraient le contenu de leurs cloaques que dans la plus secrète intimité. Excréter en public était absolument inconvenant.

– Hommes, continua « la mère du monde » – qui semblait plus soulagée que contrariée par son acte asocial –, je souhaite que nous ayons encore beaucoup d'occasions de jouer ensemble sur Tîkî ou ailleurs et, au nom de tous les miens, je vous salue.

Elle s'inclina légèrement à la manière terrienne, se retourna, sa queue tendue à l'horizontale au-dessus du sol pour ne pas balayer les déchets, et sortit du plateau.

⁂

L'aérodyne venait de survoler les bords rouges de l'océan. Jordane sourit de plaisir en reconnaissant les trapps de Barre-le-Loup. Les plateaux basaltiques formaient une chaîne tabulaire qui s'opposait à la progression de la grande mangrove de l'ouest et barrait une partie du front sud de la forêt équatoriale.

Barre-le-Loup se terminait abruptement en planèze au-dessus des vallées rayonnantes qui précédaient les collines d'Argentières. L'éperon triangulaire du plateau évoquait irrésistiblement la proue d'un navire en partance.

L'appareil surplomba enfin le dyke du val d'Enfer et une émotion vague étreignit Jordane. De l'autre côté de la muraille striée d'orgues qui surplombait un gigantesque talus d'éboulis, se trouvait Beaurepaire, nidé dans une dépression de la mesa.

Le nouveau primat les avait prévenus des « visites » auxquelles avait dû faire face la propriété mais lorsqu'ils se posèrent devant le mur d'enceinte, ils furent malgré tout effarés. Labouré comme un champ de bataille, le petit terrain d'atterrissage qui s'étendait devant la poterne témoignait de l'ampleur des efforts mis en œuvre pour forcer l'entrée de Beaurepaire.

Tordu et gondolé comme s'il avait enduré l'assaut de dix dragons vomissant toutes les flammes de la géhenne, l'alliage indestructible de la porte avait pourtant résisté, forçant les assaillants à s'attaquer au mur lui-même. Le tuf volcanique dont il était essentiellement constitué avait une fonction plus esthétique que réellement défensive. Pour être d'un beau vert tendre, la roche était trop poreuse pour ne pas s'altérer facilement. Une brèche s'y ouvrait comme une bouche aux chicots noircis, au-delà de laquelle un chemin de végétation saccagé conduisait droit à la maison.

Devant celle-ci, sur la pelouse dévastée, Ange, Jordane et Béni furent accueillis avec curiosité par la petite troupe qui campait là sur les ordres du primat pour parer à un éventuel retour en force des envahisseurs.

L'attitude du nouveau primat de Dante avait été exceptionnellement gracieuse, comparée à celle des officiels qui les avaient interrogés après que la Lipp les eut remis en liberté. La plupart d'entre eux rendaient Ange responsable des événements et l'auraient volontiers condamné aux travaux forcés sur un astéroïde d'exploitation s'ils en avaient eu le pouvoir.

Ange s'était félicité – avec naïveté – de cette bienveillance du gouverneur mais Jordane, qui n'était pas dupe des manières mielleuses de l'homme, s'était empressée de lui expliquer que cet amour lui semblait plus concupiscent qu'altruiste. Somme toute, Ange disposait toujours du secret exorbitant de l'immortalité.

La maison ressemblait à un énorme cercueil plombé. Grâce à l'appel au secours de l'ordi de surveillance qui avait provoqué l'intervention des forces primatiales, elle n'avait subi que des dommages externes.

Ange voulut taper le code d'ouverture de la porte mais le clavier était fondu. Il remarqua que les micros de façade ne semblaient pas avoir subi d'altérations et se mit à tambouriner sur le vantail en criant :

– Léon ! C'est moi, Ange, ouvre-moi.

Sa tête se mit à grésiller sous l'effet du crachotis subvocal du vieil ordi.

– Sang du Christ, Léon ! rugit-il en comprimant son crâne à l'endroit où était implanté le récepteur. Tu n'as pas perdu tes mauvaises habitudes.

– Pardonnez-moi, maître, marmonna Léon de sa voix posée de majordome. C'était le seul moyen de savoir si je n'avais pas affaire à quelqu'un imitant parfaitement votre voix.

– Eh bien, te voilà rassuré !

– Oui, maître.

– Alors qu'attends-tu pour ouvrir Beaurepaire, bougre d'âne !

D'un seul coup, tous les vantaux coulissèrent et la maison retrouva une apparence agréable.

– Mon vieux Léon, dit Ange sans plus se soucier de sa pupille ni du saurien, je m'en voulais d'être parti pour la Terre sans toi mais le TTT avait décidé de te considérer comme un bagage excédentaire. Tu sais combien la conversion dévore d'énergie, cela m'aurait coûté vraiment trop cher de t'emmener avec moi. Et tout ça, pour ne jamais arriver sur Terre ! Veux-tu que je te dise ? Je suis content d'être rentré. Finalement, Dante n'est pas si mal.

Lassés de ce pseudo-dialogue, Jordane et Béni s'étaient écartés.

– Tu es sûre que nous ne pouvons pas partir avant demain ? demanda Béni.

– Et comment faire sans l'aérodyne ? Ange n'acceptera pas de s'en séparer. Il faut bien qu'il nous accompagne !

– Fur-ass' ! Je ne me sens pas capable de supporter un jour de plus la nourriture humaine !

– Ecoute, il y a une barge antigrav, ici. Nous pouvons l'utiliser pour aller chasser.

– Par le sang ! Qu'attendais-tu pour me le proposer !

***

Cela ne faisait pas mal. Elle s'engourdissait lentement avec la sensation étrange que son corps se recroquevillait, raccourcissait. Elle ignorait le temps que mettrait le venin pour atteindre ses centres nerveux mais elle savait qu'elle allait entrer dans le coma pour quelques instants ou quelques heures de vie végétative jusqu'au moment où son cœur, paralysé à son tour, cesserait de battre. Alors, elle mourrait. Il n'y avait pas d'autre issue que la mort à une piqûre de sphex. Cet insecte passait pour n'attaquer que s'il était menacé mais Jordane, en écrasant son nid, avait détruit ses larves et son couvain. Même géant – le sphex de Dante approche un mètre d'envergure –, un hyménoptère ne peut différencier un accident d'une agression. Celui-là s'était précipité sur Jordane et avait empalé de son dard effilé la main droite qui tentait frénétiquement de le chasser à grand renfort de moulinets.

Elle lui a dit qu'il était inutile de courir mais il n'a pas dû entendre car il court. Dieux, comme il court ! Serrée contre Béni qui galope pour rejoindre la barge, sur le point de gagner la rive de l'inconscience, Jordane a cette dernière pensée, pour le moins incongrue : il doit bien faire du quarante à l'heure...

Ange blêmit lorsqu'il vit entrer en catastrophe Béni qui portait le corps inanimé de sa pupille.

– Que s'est-il passé ? demanda-t-il en se précipitant vers le couple.

– Kâa-lî, répondit laconiquement le saurien.

– Kâa-lî ? repéta le biologiste sans comprendre.

– Un insecte roux et noir, expliqua l'Oï-Tîkî. Et quand il vole, il est aussi grand que ça, continua-t-il en écartant largement les bras pour donner l'envergure. Et son aiguillon est aussi long que mon doigt, termina-t-il en exhibant son médius.

– Un sphex, murmura Ange, effondré. Alors elle est perdue.

– Mais ce n'est pas possible, la piqûre du kâa-lî donne le délire, pas plus.

– Pour un Oï-Tîkî, peut-être, mais pas pour un humain.

– Il faut faire quelque chose! se mit à hurler le saurien en secouant le biologiste comme s'il comptait ainsi l'arracher à son inertie.

– Et quoi donc? Il n'existe aucun antidote, aucun sérum! A moins que...

– Je ne veux pas qu'elle meure! criait Béni, si fort que trois hommes de la garde primatiale firent irruption sur le seuil de la pièce, en armes et prêts à intervenir.

Ange les renvoya d'un mouvement du bras et essaya de prendre le pouls de sa pupille.

– Tais-toi donc, gronda-t-il à l'adresse de Béni. Tu m'empêches de me concentrer. Et s'il nous reste deux ou trois heures avant la mort clinique, c'est le bout du monde.

– Qu'attendez-vous pour agir? gémit Béni qui se griffait le corps avec désespoir.

– Je ne suis ni sorcier ni faiseur de miracles, mon jeune ami, mais nous allons tout de même tenter quelque chose. Puisque tu as l'air de tenir tellement à elle, je vais te mettre à contribution.

***

Jordane ouvrit les yeux sur Béni qui mâchouillait bruyamment un morceau de résine.

– Lézard! soupira-t-elle d'une voix faible. Ton manque de savoir-vivre est toujours égal à lui-même.

– Toi, par contre, tu n'es plus égale à toi-même, lui lança le saurien avec un regard narquois.

– Miséricorde ! Le sphex ! se souvint brutalement la jeune fille. Je vais mourir.

– Tu devrais être morte, corrigea Ange qui entrait dans la pièce, une bouteille de bourbon presque vide à la main. Cette sale bête t'a piquée avant-hier.

– Mais alors ?

– Bienvenue chez les immortels ! conclut le biologiste en portant un toast à Jordane avec sa bouteille.

– Tu seras le premier immortel à mourir d'une cirrhose, grogna la jeune fille en affectant un air dégoûté. Entre un drogué et un ivrogne, me voilà bien. L'un de vous est-il malgré tout capable de m'expliquer pourquoi je ne suis pas en train de brûler en enfer ?

– C'est simple..., commença Béni.

– Génial comme je suis..., le coupa la voix avinée d'Ange qui venait de basculer sous le lit.

– Pas tous les deux à la fois. Béni d'abord.

– Non, moi. Après tout, c'est quand même à moi que tu dois la vie. Et quelle vie ! La vie éternelle sans avoir besoin de passer par le paradis !

– Au fait ! s'impatienta Jordane.

– Comment, tu n'as pas deviné ?

– Béni ? Si tu l'aidais à se taire...

– Non, non, je promets d'être clair. Lorsque Béni t'a ramenée ici, il m'a dit que la piqûre du sphex ne tuait pas les siens. J'ai donc eu l'idée de te faire une injection du sérum oï-tîkien. J'avais un faible espoir de le voir réussir à contrebalancer les effets du venin.

– Tu avais encore du sérum à Beaurepaire ?

– Bien sûr que non. Mais j'avais un donneur, et qui plus est, un donneur prêt à tout pour te sauver. Je crois qu'il aurait vendu sa peau pour la tienne. J'aimerais bien voir quelqu'un éprouver ce genre de sentiments pour moi. Toujours est-il que l'entraînement aidant, l'opération de notre ami et la préparation de la dissolution cholique ne m'ont pas pris plus d'une heure. Et comme tu peux le constater, il n'était pas trop tard.

Béni s'était levé de la banquette où il avait attendu le réveil de Jordane, au pied du lit. Il tapotait avec fierté le pansement qui recouvrait son flanc et mastiquait sa résine avec une telle énergie que sa salive rougie moussait aux coins de sa bouche.

Ange, qui avait vidé sa bouteille, sortit pour en chercher une autre.

La gorge serrée par l'émotion, Jordane n'arrivait pas à exprimer sa reconnaissance.

– Lézard! grommela-t-elle d'une voix enrouée. Sacré vieux lézard! Merci de m'avoir sauvé la mise.

– C'était moins difficile que le kâ-âalkâ-kâa, s'excusa Béni.

Ange, de retour, avait rapporté trois verres. Il les remplit, en tendit un à Jordane, un autre à Béni qui le flaira avec circonspection.

– Trinquons, proposa-t-il. A notre éternelle santé!

La jeune fille but d'un trait et s'étrangla, le biologiste but d'un trait et se resservit aussitôt, le saurien plongea sa langue dans le liquide inconnu et, le goût l'en ayant satisfait, but d'un trait et dit d'une voix enflammée en tendant son verre vide pour un nouveau remplissage :

– Quoi qu'en disent les anciens, la civilisation des hommes a du bon!

– Dis-moi, Béni, dit Jordane entre deux quintes de toux, ça te plairait de voyager?

– Sur Dante?

– Non, dans l'univers. Maintenant que j'ai

l'éternité devant moi, je sens que je vais essayer de retrouver Terango/Pandora.

– Ton nid ?

– Si l'on veut. L'endroit où je suis née, où j'ai grandi, où j'ai appris à jouer.

– Jouer ? S'il y a des jeux à découvrir dans ton nid, je viens.

– Il y en aura sûrement. Et s'ils ne te plaisent pas, nous en inventerons.

***

Tremble la terre, glissent les monts, gronde le magma de Dante.

Dans l'hémisphère Nord, au pied des cités oï-tîkiennes, des champs de pavots ponctuent d'un orange éclatant le décor minéral.

Tout est en ordre.

Editions J'ai Lu, 31, rue de Tournon, 75006 Paris

diffusion
France et étranger : Flammarion, Paris
Suisse : Office du Livre, Fribourg
diffusion exclusive
Canada : Éditions Flammarion Ltée, Montréal

Achevé d'imprimer sur les presses de l'imprimerie Brodard et Taupin
7, Bd Romain-Rolland, Montrouge. Usine de La Flèche,
le 13 décembre 1982
1748-5 Dépôt Légal décembre 1982. ISBN : 2 - 277 - 21408 - 6
Imprimé en France